さぁ、読みませう

なかむら恵美

文芸社

〈表紙イラストマスコット　ギョロ眼ちゃんについて〉

元々、某サイトに発表した作者のオリジナル・マスコット。

ハスキーボイスの二才児で、八代亜紀やら青江三奈やらの物まねが大変に得意な、おチャメな女の子。ヒッキー宇多田も挑戦はしますが、早口すぎてどうやらついてゆけません。

片眼をつむっているのは、怪我をしたからではなく一応、ウインクのつもり。でも未だ小さいので上手《うま》い具合にできません。「四才ぐらいになったらできるようになる」とは本人の弁です。

大きくなったらなりたいのは、ケーキ屋さんかお花屋さん。ギョロ助という弟がいます。

皆さんよろしく。

▽筆記具あれこれ

鉛筆

学生時代、ずっと鉛筆を使っていた。

感触が好きだったのである。

小・中学生時代はHB、高校生以降は2Bが、好んで使う芯の硬さであった。

最初は決められていたが、高校生ともなると冒険がしたくなり、試し書きから選択したのだ。しかし試験の時は、一挙、4B愛用者となる。

「薄いと見えない」

教師がいっていたからだ。

やたら平均年齢が高く、平気で四十代の後半はゆく。二人に一人、いや、三人に一人ぐらいの割合で眼鏡か老眼鏡使用者、もしくはその予備軍である。殊《こと》老眼はつらかろう。苦労をさせては可哀想だ。

（おっ、濃いじゃないか）

わざわざ濃くしてくれたのかな。答案用紙に、教師は感激するであろう。いい子だ。思いやりがある。どれどれ採点を甘くして、平常点もちょびっと高く、と思ってくれればの目論《もくろ》みがあったが。

しかし、そうは問屋が卸さない。

筆圧が薄い。意識的に力を入れて書かなければ、濃くならないわたしは筆圧なのである。目鼻もデカいが、字もデカい。ついでをいえば子供の頃は手もデカく、大人みたいとよくいわれた。なのに筆圧だけが薄すぎる、哀れなわたしは女である。上手《うま》くいったと思えば今度は答えが間違っていたりして、消すのに時間がかかってくる。

(ゲッ！)

強く消しゴムをかけ過ぎて今度は、解答欄がビリビリと無残に裂けてゆく。

(何じゃこりゃあ？)

『中村恵美』「村」にバランスがとりにくい。

曲がってばかりの氏名を何回も消しては書き、書いては消していたら何だか真っ黒、炭と煤《すす》が混じり合ったようなものになってしまって、自分で驚き、ヘトヘトになった。

最近ではすっかりシャーペン党になってしまっているけれど、がらくた入れに入れてある鉛筆達は、ずっと憶えているだろう。

万年筆

『次郎物語』（下村湖人著）を思い出す。中学（旧制）に入った次郎が、父親に買ってもらうが万年筆だ。

同じくわたしも中学生になった時、母に買ってもらい、高級感に魅せられ、その後何本か自分で買ったりしたけれど、どうも合わない。相性が悪い。

ちゃんと説明書通りにインクを入れて、キチッとやってるはずなのに本体胴部にいつの間にやらボタボタボタボタ漏《も》れてきて、汚くなってしまっている。

せっかく色をブルーブラック（最初は青いが、乾くと濃紺色になる）と気取っているのに、使う前からこんなようでは仕方がない。本体自体がインクにまみれるようでは、用をなさない。

なぜだろう、なぜかしら。きっとわたしが悪いのね、今度こそはと思い直してやるものの、何回やっても同じになり、面倒くささが手伝って、みんなどっかへやってしまった。

実に非運の筆記具だ。

開発される前は、羽根ペンに直《じか》にインク壺からインクをつけて用いたらしい。ムーミン・パパのスタイルだ。いちいちつけるなんて面倒くさい。ええい、合体させちまえとできたが成功したのだろう。面倒くさいと思う気持ちは、時に発明品をも生んでくる。

大人の筆記具。

見事に挫折したけれど、わたしにとって憧れであった。大人になったら使いたい、使ってサラサラ書くんだと長い長い間じゅう思っていた。二十歳《はたち》ぐらいになったらと、勝手に年齢設定をしていたものだ。なのに何であんなに使えないのか、今更思えて不思議である。

初めて目にしたのは小学生の頃。教卓で先生が使っていた。

黒に近い赤色の本体に滴《しずく》を伸ばしたような形だった。中央部分に長い窪《くぼ》みがボコットある。金色に光る丸味を帯びたペン先に小さな穴が二つある物体に、何だろうと思っていた。青いインキがニョロニョロと出る。

「万年筆、っていうんだって」

「万年筆、かぁ……」

鉛筆とは違う。ボールペンでもない。チョークともサインペンとも異《い》をなす響きが新鮮であった。

某文具店で売られているのを見た時は驚いた。

間違いない。

中二階から二階へあがる階段途中で、ふと見たらあるではないか。

社会人になりたての頃だ。見ると舶来品である。何かの折りに買われたのだろう。すでにわたしはシャーペン党であったけど。

『まんねんふで』

いってた時代も日本では長く、漱石が子供に宛てた手紙に記されている。昭和初期には某社のものが流行、多くの作家が愛用した。モンブランと浮かんで来るは、いつからのイメージだろう。

再び手にする勇気もないが、仮にもし手にしたとしても、フン！あんたなんかと万年筆の方から拒絶されるに決まっている。

愛用している人を見ると、尊敬に近い憧れを持つ。

アメリカのビジネスマンが、胸ポケットに忍ばせた一本を手に取り、サラサラと契約書にサインでもするように、いつかわたしも使ってみたい。とて、まずはムリだろう。

シャーペン＆ボールペン

いくら機械文字流行《ばや》りの世の中とて、身近な筆記具といえばやはりシャーペンであり、ボールペンである。

『軸が太いから疲れない』

昨今の売りだ。

インターネットで時々検索、気がつけば文具店でも試し書きなどしてみるけれど、やたらと太い。太すぎる。中クラスでもう、挫折する。太いは指だけで結構である。

愛用品として日常的に使うんだから、ある程度は凝って当然だろう。手にした感触・定価・書き味。全て自分にとってグッドでなければ、愛用品とは言い難い。軸太グッド。世の中では通用するかも知れないけれど、わたしの中では通用しない。そこからするとどうもイマイチ、門前払いばかりが出揃った。

シャーペン祭り、ボールペン祭り。あまりにモドキが続くから、ドラえもんに頼むか、会社を起こして自分で作ろうかしらんとも思ったほどだ。

何せ、シャーペン版お気に入りを見つけたのが十代。一本五十円である。

たまたま入った大文具店で、黙然に見つけられたのだ。

飾り気のない色使いと感触が気に入り、何十本と欲しいと願った。だったら一本を大事に使えばいいものを、すぐ行方不明になってしまった。

（あれが欲しい）強欲である。強欲は強欲なりに探し廻る。ない。どこにもない。

「これ欲しいんですが」

記憶の限りを絵に描き店員さんに見せると一言「ああ、特注ですね」。

ゲッ。経済的貧窮が著しかった頃だ。

（おおっ！　神よっ！）

わたしに愛のお恵みを。クリスチャンでもないのに祈る。にわか信者はダメよ、ニセ信者なんて、と、あっさり神はわたしをお見捨てになり、渋々、自腹を切って購入した。

しかも値上がり。箱単位での注文が条件である。ダースとなると結構、高い。泣く泣く購入。ますます経済は貧窮、おかかが何より楽しみな食生活となった。

しかし苦あれば楽あり。シャーペンには泣いたけど、ボールペンは、上手くいった。ペンの方から来てくれたのだ。運命の商品である。

わたしの理想が某社から出たのだ。理想も理想、大理想。

ステンレス製である。軽すぎず、重くないのが第一に気に入った。ポッチを押せばペン先が出るのカタチが素晴らしい。キャップのわずわらしさもない。

（おおっ！）

神よと感激。経済性も顧みず大量に本体を買い、呆《あき》れるほどに替え芯を買って一人、ニタニタしては喜んだ。神への感謝の気持ちとばかり、必要のない紙類も買う。もちろん大事に使ってる。箱で買ったが災いして、家中ゴロゴロある程だ。神への感謝は確実にムダな消費をも招く結果となったのである。

ワープロ＆パンコン

開発開係者達には悪いけど、どうこうしたって手書きにかなわぬ。

漢字使用に変換・表記に読み方・その他モロモロの面で、日本語は複雑だ。わざと変化させても我々は遊ぶ。

『痛い』を『イタい』、驚いた時の『おおっ！』を、『ををっ！』。

『おはよう』を『おはやふ（おはやう）』、『～しましょう』を『～しませふ（しませう）』。

などなど変化させては言葉を楽しむ。当て字や旧字も大好きだ。元来、文系。平賀源内がエレキをいじくり廻すまで、なよなよとした美しい男たちが好まれ、和歌のつくりが女を尊ぶ基準であった。科学より雅《みやび》である。ここからしても言葉に深いものを持つ表現人達に、ワープロやパソコンは完璧にしてくれるだろうか？　英語圏で使うに便利なように基本ができている。おまけ機能として専用のソフトを通し、日本語なら日本語、中国語なら中国語に使えるようになる。変換機能のパワーアップ、より現在に対応したものを目指すのであれば、半年にいっぺんぐらいの割合で新しいソフトを売り出さなければなるまい。

常に言葉は変化する。確かに修正・入れ替え・変換・保存は手書きの比ではなく、技術も年々向上されているけど、何てったって、一番の変換機能は脳。つまり我々のアタマなのだ。

『なかむらえみ』と入力すれば瞬時に脳が『中村恵美』と判断、よってキーが押せる仕組みである。必要に応じて『なかむらえみ』のままで良ければ、『ナカムラエミ』の時もある。キーボードだといまいち瞬間的な判断に欠けるような気もしないでもない。音声入力ソフトも一部の人には便利だろうが、全体的にはイマイチだろう。

一つ一つを見てゆくと、早くも限界が近いものではあるまいか。

体重計や時計がデジタルからアナログに戻ったように、いづれこれらも手書きに戻る時代が来るかもしれない。
ファックス系のこれらが望まれているのではないだろうか?

▼記憶にない当選品

無欲だからか。悪くないはないクジ運である。

小学生の頃、町内のくじ引きで四等が当たり、中学生ではケーキの飾りをつける特権が当たった。二十歳《はたち》の時はカールおじさん。ゼンマイ仕掛けの人形である。

某社の文庫本発売記念キャンペーンでは、五〇〇〇円分の図書券が当選。削ったその場で結果が分かる宝くじでは、一万円ナリ。アイドルの図書カードやら商品券。地味で真面目に生きる小心者への、ささやかな天からの賜物《プレゼント》と喜んでいる。貢ぎ物といってもいい。

一番スゴいは大暴落する前の某社株である。ずい分前の話だが、家族全員が申し込んだ中で、わたしだけがなぜか補欠で当選したのだ。

「何で当たるッ!」

悩める母は激怒した。『いい』というのに勝手に申し込んだ方が悪いと思わないのだろうか。わたしに全く責任はない。

だが、どうしても思い出せないプレゼント《贈物》もある。

『ゲゲゲの鬼太郎ポシェット』だ。思い出せるわけがない。

二歳ぐらいの時である。

あなたは、白黒鬼太郎放映を知っているだろうか?あれは怖い。ものすごく怖い。今まで見たテレビの中で一番、恐怖を感じたものである。怖いんだったら見なきゃあいいのに、子供は見る。カランコロンの歌を聞き、次回予告の映像までをしっかり見る。恐怖が魅力なのである。

少々ばかり話は逸れたが、その『〜ポシェット』をプレゼントする企画が当時、放映放送局であったらしい。

二歳である。それなりに字は読めていたと思うが、漢字までは一寸、書けない。よって母が代筆、応募したら当選したそうだ。

妖怪ポストもビックリの『ゲゲゲの鬼太郎ポシェット』。

今でもとってあったなら。ああと夢が膨らんで来る。

『ナントカ鑑定団』に持ってって、お宝値段をゲットする。

本の資料に、○○に。『貸してってください』『是が非でも』ラブラブコールが嵐のように吹きまくりレンタル成金、左団扇の生活である。

しかし、年齢からしてムリだろう。とかく触《さわ》るが二歳児だ。

完全完璧・無菌状態でというは望む方が間違いだ。。

隠しても探す知恵がある。察するに触りたいだけ触りまくり、いじりたいだけいじりまくるようなわたしは幼児であったろう。現に、マニアならいくら金を積もうと我が手にしたいアニメの主題歌レコードやら、ピンポンパンの「直子お姉さんですよ」で始まってくる幼稚園何月号ふろくとついたペナペナレコードをかなり持っているけど、ジャケットからしてボロボロだ。手垢《てあか》だらけでババッちい。商品価値がなさ過ぎる。そういうものは〝お宝〟ではない。単に〝昔のもの〟なのだ。

仮に『〜ポシェット』があったとしても、あまりの汚さ、ババッちさにゲンメツするに決まってる。なくて良かった。正解だ。ヘタに取ってもはやお宝なのではかと心ウキウキ、胸ドキドキ弾ませながら勇んで『〜鑑定団』に持ち込むはいいが、「こんなん価値がありませんよ。ババっちいだけで」などと一蹴されたら全国ネットで恥をかく。

記憶になくて幻のもの。夢にでも出れば十分だ。

▼手塚治虫さんの翳《かげ》

手塚治虫さんが亡くなってから、早くも十年以上が経ってしまった。仕事師として尊敬している。

♬勉強が好き好き・・・・・『悟空の大冒険』と題されアニメにもなった『ぼくの孫悟空』、『鉄腕アトム』に『ジャングル大帝』『火の鳥』などなどなど。

長編マンガとどうしても繋《つな》いでしまうけど、短編だって優れてる。

『ブラック・ジャック』に『雨降り小僧』、『ガチャボイ一代記』『空《すき》っ腹《ぱら》ブルース』『七色いんこ』に『ドン・ドラキュラ』その他モロモロ雨・あられ。一話完結。あっという間に読めるのが何の分野もわたしは好きだ。

「何でもないのにすぐ怒る」

「感情が激しい」

「すぐムキになる」

「ムッとする」

る。

「腰が低くて、優しくて」

「いつも元気いっぱいに、誠心誠意に仕事して」

近いところにいた人々と、世間でいわれる手塚さん像とでは、かなりの角度で開きがある。

「怖い先生でしたね」

アシスタントをしていた漫画家の石坂啓さんもいわれている。

常に自分が一番でないと気が済まない。少しでも自分より人気のある漫画家がいれば、できれば潰してしまいたい。

「若い漫画家諸君に追い越されてしまったら、一体、何を描《か》いたらいいんだろうねぇ、僕」久しぶりに録《と》っておいたビデオで『まんが道』（NHKでやってたドラマ）を見たら、若き日の手塚さんに扮した江守徹のセリフにあったが、本当だろう。ダントツ一位でなければイヤ。「僕はいつも、何かに追いかけられているんだよ」ニコニコしながらいうセリフもあった。

〈凡人にはちょっとわからないような複雑さが渦巻く〉

正しくの評価だろう。

「怒りっぽくて……」遺作となった『ルードウイッヒ・B』で、ベートーベンと自分はひどく似ていると書かれている。

『七色いんこ』に出てきたヘンな家族、言語不一致メチャクチャチだらけ、何の脈絡もなく突然性だけに生きている、姿もヘンなら目鼻もヘン。自称〈ホンネ〉というキャラクターが手塚さんの翳《かげ》の部分を象徴しているようにも見受けられる。

「おかしかった」

テレビではっきりいわれていたが、様々が絡み合い複雑なものとなり、ご結婚前後はどうにかなりそうであった。そういう不安を払拭するため、微生物の研究をされたりもしている。

「僕のマンガの基本は○《マル》」

いわれているが、ご自身だってとて全て○《マル》で構成されてるような人なのだ。時々、わたしは似顔絵をやったりするけれど、○《マル》すら描けなければ手塚さんはできる。○＝《マルイコール》で浮かぶ人は、他に塩田丸男さんぐらいである。

丸いメガネを掛けていて、背のうんと低い男の子。ユーモラスというよりアンバランスが先に立つ。

〈ガチャボイ〉

あだ名されいじめられていた少年が、阪大医専（今の大阪大学医学部）を出て漫画家になったのだ。

「医学部なのにねぇ」

「好きなんでしょうよ、結局は」

「でも……医学部なのにねぇ」

ハァ〜ッと脱力にも似た溜め息が、今とて近所の噂になる。

（何も漫画家にならなくたって）

略されてきた続きである。

言い換えれば『ヘン』であって『変わってる』。

あまりに突出した才能が、時に周囲を困らせた。理解できない感情だけが、接する人の心に残った。

〈ガチャボイ〉時代から、どこか変わった『ヘンな子』が手塚治（本名）であったのだから。

（本当に分かってもないくせに、やたらスゴいなんていうなッ！）

（何にも知ろうとしてないくせに、やたら伝説なんて出すなッ！）
（作品を放映なんてするんじゃないッ！）
天から下界を覗いては、ブツブツ怒っているのかも知れない。

▼ジャップ

高校一年、英語の時間。

副教材としてわたし達は『ヴェニスの商人』をやっていた。緑色のツルツルした小冊子がしばらくの間、教科書である。

表紙を開くと飾り文字で〈ヴェニス〉と英語表記がしてあった。ページを開くと、例の物語が英語表記で書かれている。上半分がイラストだ。

〈裁判の公平さ〉俗にいわれる物語である。

(何を今更) 知っているのをやるなんて、お勉強嫌いは既に半分、呆れてる。

小学校にいた時分どっかの劇団がきて演《や》っていた。

(何て劇団だったっけ?)

過去を思い出していたりする。

授業もつらつら進んでいった。

『ヒズ　ジャップ』

ざっとの人物紹介のあと、シャイロックにあった一言だ。

（あっ）

いいた気な瞬間があり、困惑したような表情があってから、担当教師が説明した。

「ジャップ、これねえ」

一気にしゃべる。

「黄色人種に対する差別用語なんだ。何でこんな表現をしている教材を選定したのか、私には分かりませんけども」

舌なめずりをして一息入れる。

「詳しく見てもらうと分かるけど、この中でシャイロックだけが黄色人種なんだ。後《あと》はみんな白人でしょ。これは黄色人種をこらしめましょう、追放しましょうという物語なんだ。裁判の公平さなんてとんでもない。日本人は世界で活躍している人が多いから歓迎されるけれど、本当はものすごく差別されてるからね。場所によっては黒人以下。黒人以下の待遇です」

聞いててわたしは驚いた。

しゃべる教師にである。こんなにしゃべってくるなんて、初めてなんではなかろうか。

淡々と授業を進める人だった。たまに無表情のままジョークをいっても、教室に笑いが響くは瞬間だけ。教師が再び無表情となると、共に我々も授業態勢に戻るのだ。笑いの渦も一瞬だけ。五秒と持たぬ笑いである。

「もし、将来海外いって〈ジャップ〉なんて呼ばれても、〈なぁにぃ〉(語尾あがりの名古屋弁)なんていっちゃあいかんよ」

はっきり教えてくるのである。

人種差別。

手塚治虫のマンガによくあるが、それまでわたしは失礼ながら、世界で一番卑下されているのはブラック＝アフリカン、つまり黒人なんだと思っていた。『ルーツ』というドラマが話題になったし、『ぼくの肌は黒い』(吉田ルイ子・著)も学校の図書館で見た。なのに教師は『黄色人種』と言い切ってくる。名作の概念までを覆えす。分かったような、分からないような気分になった。十五歳だ。

(ひょっとしたら学生時代に留学かホームステイをしたのかしら?でも時代が違うんだし)

生意気に思ったりした。個人的見解かな?まぁ、いいや。授業に戻る。

十年後、某国に旅した。人種のるつぼ国である。

金の源・観光客にまさか〈ジャップ〉なんていう現地人はいなかろう。それどころが「日本から」というと異常に歓迎され、握手した手をブンブン上下に振られて来た。

しかしキチンと勉強、実社会的なアメリカなりヨーロッパなり『欧米』を経験すると痛感できてくるやも知れぬ。遠藤周作の初期作品『白い人・黄色い人』も読むも良かろう。

「エレベーターに乗ってたら、いきなりじじいとばばあが〈イエロウマウス〉って囁《ささや》きあって、クスクス冷笑されたわよ」

ヨーロッパに行っていた友達が憤慨したけれど。

『ジャップ』

いわれたからと真剣に抗議する資格など、しかし、我々にはない。

同じアジアの国々にいながら、習慣その他が違い過ぎる他国を〈○○〉とまるで隠語のように使っているのだから。

▼旧漢字

昨今、旧漢字で氏名を表記する人が多い。

『渡辺』を『渡邊』、『斎藤』を『齋藤』。

統一はされてないけれど、歌手の『中澤裕子』さんはあくまで『中澤』であり、『中沢』ではない。

「新聞だと『万純』になっちゃう」

『ますみ』

名前をひらがな表記に改名された女優『宮崎萬純』さんの言い分だ。

亡くなられた作曲家の『團伊玖磨《いくま》』氏も「自分はダンじて『團』であって『団』ではない」とエッセイに書かれておられた。引退する直後の歌手の山口（現・三浦）百恵さんがやはり『百惠』と旧字を使われ、秋篠宮さまはお子さまの一人に使われた。

ある程度上の世代だと、ふだんは新字を使っても戸籍は旧字の人が多い。姓名判断は必ず旧字を用いて行う。

元々、漢字は誰でも使用できたものではない。限られた身分だけに与えられた特権だったのである。盗まれるとも考えられていたから、ある者は読み方を、ある者は表記そのものを難かしくした。他人に使われないようにするためである。だから今でも、ちょっと読めないような姓字や名前の人もいる。

幾千年が経ち、昭和が終わって十年以上。

国際化が叫ばれ、やたらローマ字や英語表記が町に溢れているにも関わらず、氏名に旧漢字を使う人が多いのは意外な気がしないでもない。

諸説モロモロ出ようけど、煮詰めれば、漢字表記を誇りに思うからではあるまいか。旧漢字を「漢字っぽい」と思う人が、以前より多くなってもいるのだろう。

インターネットで読む新聞だって、望めばタテ書き表記ができる。出版される本だって基本的にはタテ書きだ。「なぜ横書きにしないの」の声すら不思議とない。やはり目に優しく映《は》えるというか、日本人の眼に合っているのだろう。『タテ書き文化に残したい』気持ちのどこかにあるからだ。

一〇〇年・二〇〇年・三〇〇年後の世を見ても、この点は変わりはない。ちょうど江戸・明治・大正・昭和・平成と元号が続くと同じように、人名は漢字表記。新漢字と同じように旧漢字も一般的に使われるようになるかも知れない。

やれやれ。胸をなで降ろす。

生きてる限りずっとわたしは『中村恵美』でゆけそうだ。一時的にローマ字表記で氏名を運動もあったようだが、『NAKAMURA　EMI』には間違ってもならずにすむ。ローマ字すら危ない学力保持者なのだ。ローマ字で名前を、なんてなったら第一に姓名判断業界（?）がコマったちゃんになるではないか。大急ぎでローマ字用マニュアル本を作ろうとて時間がかかってくる。

ちなみに『恵』とつく人は『惠』と旧字にすると、財産運が良くなるそうだ。漢字に重みも増してくる。良ければ一度、お試しあれ。占いに頼るより、ハッキリいって本人だろうけど。

▼お奨め本十九冊

はじめに

元々のおたく、元来の好き・嫌いの激しさが興じ、お奨め本を記そうとしても、又、おたく。

『おたくの上に生涯をつらね』

芭蕉でいえばなるだろう。本当だから仕方がない。

大体ベスト・セラーは読まないし（第一、好きそうなのが入ってない。そういうのは新聞・雑誌の書評欄で取り上げられたりするからわざわざ読まなくても、と思っている）、知る人ぞ知る方面の分野にばかり興味が沸く。

世の中、メジャーだけでできているのではない。マイナーな良さもある。よって記した本を初めてという人もあろう。

『伝記おたくのまんがバカ』自称も他称もするけれど、真面目な本も時には読む。

寸評に毛が生えた程度の長さでゆく。順不同。分野バラバラ。

憶えていて頂ければ紹介者として嬉しく思う。

一・『コボちゃん』（植田まさし著／蒼鷹社刊）

某新聞朝刊に連載中。

大好きな四コマまんがの類である。

伸びやかな一人っ子。周囲の大人達から愛されて育つ田畑さんちの小穂《コボ》ちゃんの日々。日常のプッっとした笑い、怒り、悲しみ、喜びがよく起承転結に折り込まれている。

普通に（?）育っていれば、コボちゃんだって二十八、九歳の青年だ。

結婚だってしているかもしれない。きっと優しくて思いやりのある、それでいてチョットいたずら好きな大人になっているだろう。淀川長治さんのインタビュー記事を読んでいたら、好きなマンガのトップにあげられ、家田荘子さんも疲れた時に励まされたとあった。

二・『長谷川町子全集』〈別巻〉（長谷川町子著／朝日新聞社刊）

知られざるエッセイや対談、油絵。

いかに戦後『サザエさん』が日本の希望の星であり、明るい未来の象徴だったかよく分かる。『小さな恋の物語』で知られる漫画家のみつはしちかこさんが新聞連載を愛読していた少女の頃、「サザエさん」に将来を決めたも頷ける。その時代の子供でもし、わたしがあったなら、やはりみつはしさんと同じようにこの一家に明るい未来と自分の夢・希望を託していたように思う。

三・『あさりちゃん』（室山まゆみ著／小学館刊）

バトルな海産物姉妹。

何せ設定が面白い。姉と妹、母と父、それぞれが極端をゆく。最近、あさりには〈ひとで〉、タタミには〈フスマ〉なるそっくりなキャラクターも出てきてますますバトル。一家をとりまく人々も、また極端だ。お金持ちで高ピー、庶民をホホホと笑いながらもどっか抜けてるあさりのライバル（？）藪小路いばらと、家では女三人に押されて影が薄いけど、会社じゃエリート鰯《いわし》パパがわたしのお気に入りである。超秀才の姉・タタミもいい。

何でこんなにアホくさい話が思いつくのかと、時々真面目に感心する。六十巻以上ある。漫画界の姉妹編意地悪ばあさんともいえてこよう。理屈なく面白い。アニメにもなったが、再びの放送をお願いしたい。

四・『ブラック・ジャック』（手塚治虫著／秋田書店刊）

愛蔵版が売れに売れ、文庫本もベスト・セラー。解説本も結構な話題となって、ネット配信まである。

大好きも大好き。語りも語る。燃えつきるを越え、真っ白になるまで語り尽くせる自信がある。マンガ界の最高峰。手塚作品の真髄だ。金と権力。人間の本能的な欲望と医学を絡み合わせた点が素晴らしい。

社会事件の渦中となった『ドクターきりこ』は、ジャックの敵役『ドクターキリコ』からとったものだ。

戦時中、彼は軍医だった。死にたいのに死ねない人間をたくさん見た。

「死なせてください」

「死にたいんです」

亡霊のように何度も患者達から懇願された。だから、死なせてやったのだ。薬を使って眠るように。

「ありがとう、先生」

「嬉しいです、先生」

「これで安心して死ぬことができます」

涙を流しながら、多くが感謝しながら苦しみもなく眠るように次の世界へ旅立った。そういう過去からキリコの死生観は生まれたのだ。だからキリコにとって死は悪の行為ではない。望むをちょいと助けてやる。永遠の眠りにつく為の安心に導く行為なのである。ジャックがメチャクチャ高い金額を請求して患者の命を救うように、キリコも苦痛の和らぎを基準にした安楽死でそれなりの額を患者に求めている。おたくだけあって詳しい。

オランダで安楽死が正式に法律で可決されたが、共通点を垣間見る。助かる命と助からない命。切実に生きたいと願う人、今すぐ死をと願う人。命一つ取ってみても人間はいろいろだ。

地雷で苦しんだ母。家族を棄てた父。助手のピノコも暗い過去を負っている。

幼少時からの冷遇により表面的には冷たいが、引き受けたとなると、全力で取り組むジャックの真華な姿勢に感動、読んでは考えさせられる。

戦争を体験、そういう時期の青春時代に不治の病にかかった手塚だからできた発想作品だ。

五・『夫・手塚治虫とともに～木洩れ日に生きる』（手塚悦子著／講談社刊）

『日本のディズニー』

『マンガの神様』

いわれた夫を妻は愛し、夫もまた妻を愛し、信頼を寄せていた。とて、毎日が殺人的なスケジュール。めったに帰宅すらしない。完全母子家庭といっていい。

「子であると同時に夫・時には恋人」いい放つ姑は、必要以上に世話を焼く。

「フン！」夫と舅は大方、そんな感じであった。親子だけとも根本的に何かが違う。何度かされたドラマで意識した人もあろう。こんな二人と同居である。

「家を担保にしてまでも」いい仕事をと長男誕生に宣言する夫。

日本初のテレビアニメ・アトムで大成功を収めた十年後、事業の失敗。あれほど讃えたマスコミが、こぞってクソミソいってくる。

「うるさいっ！」助言をするとすぐに怒鳴る。

しかし何より確実な信頼があった。だから夫がイライラをぶつけてきても妻はたじろぎもせずにいた。

「仲のいい夫婦でした」

お子さん方も揃って証言。珍しく家族団らんの席で洋楽がかかっていると、夫は自然、妻の手を取り共に踊った。子供の前でも平気でくすぐりごっこをするような夫婦であった。

超有名人、優れた企業人や芸術家の夫は極端に分かれる。

一つは家庭などどうでも良く、妻子は付録。子は単に自分の跡を継ぐためだけにいる小さなヒトであり、無料で雇える妻は家政婦。一つは限られた時間の中で、妻を子を大切にするタイプ。もちろん手塚は後者である。人となり、隠れた手塚が理解できる手記だ。

六・『ちひろ　愛の絵筆』（滝いく子著／旬報社刊）

『母性の画家』

いわさきちひろの生涯を、これほど的確に評したものもあるまい。東京・練馬にある絵本美術館は、夢のような心地である。

某しょうゆ会社のキャラクターとして記憶されている方もあろう。共産党員だったため、今でも作の多くが関係書物や印刷物に使用される。

〈ちひろ〉ちょっと不自由そうなサインが印象的だ。左利《ひだりきき》である。子供を傷つけないでと訴求した裏には、しかし不幸な結婚があった。ちひろ自身が傷つきやすく、複雑すぎる面があった。

どうしてもの理由で、赤ん坊だった子供を実家に預けてしまう負い目。メチャクチャ忙しい中で、身体が不自由になった実母やお手伝いさん、子供を犠牲にしている負い目。師とどうしても考え方が合わなくて、自ら離れてしまう現実。

「あなたがしっかりしないから」

自分の二浪が決まった時、教育熱心な姑と、教員であった実母の眼に、無言のものを感じていたのではないかと、子は語る。

生後六ケ月の赤ん坊と八ケ月の赤ん坊を確実に描き分けられた筆にあったものが理解できる。

七・『妻と私』（江藤淳著／文藝春秋社刊）

こういう夫が世にはいるのか。哀しいまでに献身的な看病が切ない。子供のいない夫婦である。夫も妻も苦楽を共にしてきた自負がある。不治の病にかかる妻。その時、家族《夫》は宣告できるだろうか？

一時的に帰宅はできても、完治できるわけではない。まやかしなのだ。大きな波と波の間に来る、つかの間の穏やかな表情の海のように。

そして来た妻の他界。雑務に追われ、精神的に疲れ果ててしまった夫は、病に伏せる。何とか気力で回復に向かったものの以降、心の底から萎え切り、生きる気力も希望も何もかもが、完全にうせた。

大きく報道されたが、この夫の後追い自殺だ。

どうなんだろう。夫婦という元は他人の、たまたま出会い結ばれただけの男女の他方が先に他界してしまった場合の心情というのは。

『一卵性夫婦』良く知る人達の夫婦評である。

「亭主の鏡っ！　江藤淳っ！」

思わず絶唱した。なお江藤氏は夏目漱石の研究者であり、雅子妃のご親族である。

八・『ペリカンとうさんのおみやげ』（大石真・渡辺有一著／小峰書店刊）※絶版

懐かしさでいっぱいになる絵本である。幼稚園の時に読んだ。とてもお気に入りだった。何人もが読みたがっていたので、いつも本棚を意識しておかなければならずにいた。いつも誰かが読んでいて、ヘタをすると四、五人先の予約がある。なのに教室には一冊しかない。だから余計、自分が読める番になった時に大事に読んだ。本棚にはできるだけ遅く、のろのろ返した。

サーカスに出稼ぎにいった父親が、くちばしにおみやげをたくさん入れて自宅へ戻ろうとする。途中で川におぼれている男の子を助ける話だが、押しつけがましくない人助けに好感を待った。挿し絵も明るい色彩で非常に良かった。それまでわたしが与えられていたものは日本の昔話の絵本に見られるような、やたら茶色や黄色い系統の色ばかりであったのだ。こんな楽しい色を使った本があるのかと驚いた。

何度も読んだ思い出の本だ。だからこんなに憶えている。絶版で残念だがまた手にしたい。

九・『私を抱いてそしてキスして』（家田荘子著／文藝春秋社刊）

米国にどれだけエイズ患者が存在し、感染者が実在し、支援や予防キャンペーン等々、国が力を入れているかが実感できる。正直な筆者の筆によるところが大きい。

興味を持ち、いざ取材を開始してみても、初めはかなり抵抗力があったと書く筆者。患者の家で共に食事をしていても、感染するんじゃないか、してたらどうしようと思うと何度も思ったと記す筆者。

患者の前ではいい子にしていなければならないと、取りつくろっていると見透かされていたという筆名。こういう正直さが家田氏の長所である。

日本だと拒絶するだけのような気もしてくるのに、この点からもアメリカの一端が見えてくる。初めてアメリカを旅行するにあたり何となく手にとったのたが、グイグイ引き込まれてゆくのを感じた。

十・『原節子伝説』（千葉伸夫著／翔泳社刊）※絶版

『永遠の処女』輝きがまぶしい。

敗戦によって荒れた人々の心に灯す、スクリーン界の希望であった。希望であって夢であり、豊かさを見る原点であり、潤うものの全てであった。わたしの好きな女優の一人だ。O・ヘップバーンと同じように、ある時期日本の宝であった。

未《いま》だ謎めく私生活。

しかしトニー谷と同じように、時代に弄ばれただけの女優だった気もして来る。もはや戦後ではない裕次郎の出現に、外国ドラマの登場に大衆の眼が奪われる。TVが本格的に一般家庭に近づいてきた昭和三十年代後半。映画ばかりに出ていた女優はもはや必要とされなくなるのだ。華やかにして残酷な現実が見え隠れする。

十一・『トニー谷、ざんす』（村松友視著／毎日新聞社刊）

『愛児誘拐』ピンとくる世代もあろう。

赤塚不二夫の『おそ松くん』に出てきたイヤミのモデルである。わたし的に印象は薄いのだけれど、ソロバン片手に音頭をとりつつ時々、所ジョージがTVで「♬あなたのお名前〜なんてぇ〜の〜♬」と真似ていた人である。

断ち切っていた過去。本名を名乗っただけでも嫌《いや》になるその育ち。親威だろうが何だろうが、血族者とはつきあわない。

散々冷たくあしらったくせに、名前が売れるとハイエナのように群がってくるなんて信じられない。戦後のドサクサ時代のこと。父親となったトニーに、わざわざ遠くから義父が三輪車を買って訪ねてくれたのに、家へあげたと知ると激怒した。外出中だったので、妻が接客したのである。育った家庭を嫌悪した。売れっ子芸人・トニーは、それなりのものがある。金もあるから血族者と名乗る面々達が次々寄ってくる。けれど一切応じなかった。応じる気にもならずにいた。一切他人は信じない。信じる者は妻子だけ。特に子供を彼は愛した。だから余計に事件に悩む。

『愛児に狂う日々』マスコミ陣の報道だ。

「パパだよ……」呼び掛けが痛々しい。

「パパのせいで……」日記にも記される。

無事に戻って来た愛児が学校でいろいろ注目されて気の毒だから、転校させたいともいっている。トレード・マークのヒゲすら落とす。同時に隠しに隠し通していた過去がバレまくり、時代も彼を一挙、ストンと見捨てるのだ。

「ミーはチエミにラブざんす」

冗談みたいな和製英語が『面白い』から『エラソーに』。一挙、謳《うた》いは『過去の人』。三十数年後、昭和から平成へと変化しつつある中で、静かに生涯を閉じる。ムチャクチャに忙しいだけだった十数年。以降、さっぱりの日。

芸人も運だ。人の栄光、絶頂期なんてどうみても十二、三年だとつくづく感じてしまう。原節子と同じように、時代に呼ばれ弄ばされ、一挙に見捨てられていった最後の芸人なのである。ひょっとしたら、文庫版であるかも知れない。

十二・『仮面の告白』(三島由紀夫著／新潮社刊)

表現力。読む度思わざるを得ない。一言で言い切る力が素晴らしい。

題名からして自信に満ちる。

『私の死体を人々は見た』なんて二十二、三歳で表現できるか?

『同性愛者である告白』云々なんていわれるが、そんなんではない。女の子のように育てられた山の手坊っちゃんがホモになるまで。ホモがホモたるゆえん、ホモになるまでの自叙伝ならば、ずっと売れてるはずがない。すさまじいまでの表現力・若き三島の才に酔いたい。

十三・『お金の思い出』（石坂啓著／新潮社刊）

文庫版が売られている。ズバッっと言い切る題がすごい。

人や季節に思い出があるように、お金にだって思い出がある。

学生時代のバイトの数々・名古屋市からの上京・アシスタント生活……。

初めての小遣い・初めて投稿謝礼をもらった日・初めての賞与で買った本棚等々。ページをめくるごとにわたしも、お金の思い出を思い出した。

お金は確かに潤いもくれるけど、時に心の底から落胆もしっかりさせてくる。ユーモアを交えた文章が、嫌味なく読む者を引き込ませる。大変に面白い手記だ。

十四・『手塚治虫デビュー作品集』（手塚治虫著／毎日新聞社刊）※絶版

「よくぞ出版してくれました！」出版社に礼をいいたい。

〈本棚に置きたい一冊〉

帯でなくとも思えてくる。それほどまでに貴重な一冊だ。絶版である。買っといて良かった。

『マアちゃんの日記帖』。

四コマまんががデビュー作だ。なぜか？多分、幼年時代の影響だろう。横山隆一作『フクちゃん』に笑って手塚は育った。四コマまんがである。よってではなかろうか？ベレー帽を被ったのも横山から、何かで読んだ記憶がある。

ベレー帽を被ったかわいい坊や『マアちゃん』が主人公。終わって『ぐっちゃん』『ぐっちゃんとパイ子さん』＋《プラス》草稿まであり、かなりオトクな内容だ。紙質やペンにも変化が見られ、終戦直後から落ち着いて来た時代背景までが良く分かる。

起承転結。

四コマまんがは難しいけれど、その才すら手塚には既にあったのだ。読む度笑い、奇抜なアイディアとその才能の豊かさと深さに感心する。

十五・『きかんしゃやえもん』（阿川弘之・岡部冬彦著／岩波書店刊）

『きかんしゃ』といえば『やえもん』である。決して『トーマス』などではない。

『きかんしゃやえもん』

佐和子パパこと作家・阿川弘之さんが作った童話だ。

小学一年生か二年生の頃、教科書に載っていた。『ディーゼルきかんしゃ』の横にひらがなで『でぃーぜる』とあったから、一年生かと思われる。数年前に見たが、前後してアニメ映画にもなっている。教科書で習ったのと思い合わせ感慨深かった。

便利さだけを追い求められる環境の中で、やえもんはいじけない。一つはやはり機関車という乗り物に目鼻がついて、しゃべる点だ。流されない強さを自然、思った。書店へいったら注目したい。

十六・『トットチャンネル』（黒柳徹子著／新潮社刊）

何事も創世記というのは面白い。特にＴＶはそうだろう。

現在のような豊かな画像・幅広い選択肢を五十年前、果たして人は想像したか？マンモスの夢を見た神のおぼしめし（？）から、どうにか試験を通って、こうにかデビュー。しかも全部がナマの時代でやった失敗・数知れず。よく思ってない人だっていた。

しかし明るく伸びやかに、あまり物事を深く考えずクヨクヨもせず楽しんで仕事をする若きトットちゃんが素晴らしい。芸名を『リリー白川』にしようと決意し交渉しにいったエピソードには笑える。『窓きわのトットちゃん』もいいが、こちらの方がずっと好きだ。

多くの人にすすめたい。

十七・『コドモ界の人』（石坂啓著／朝日新聞社刊）

文庫版を買った。昭和三十年前後に生まれた世代は頷き、それ以前生まれは時に「何で?」と?《ハテナ》である。

〈子供＝母親が一番なんてうさん臭い〉

はっきり書かれているからだ。

『母性愛』だの『母性本能』。

「幼児期の母親との密着な関係が云々」

鼻孔広げ、鼻息荒くいってくる。「そんなんだから」将来までも決めてかかる。まるで平成のユリ・ゲラーかノストラダムスである。教育者・幼稚園やら小学校の先生に多いのかも知れない。しかし、わたしは石坂さんの「うさん臭い」説が大好きだ。無条件に賛成する。

女の子だったら、思ったら男の子。夢は見事に崩壊する。男の子なんてキタならしい、コギタないガキという感じが強くて大嫌いだった、正直でいい。色が白くて、いつも人形をそばに置いている、女の子みたいな男の子が好みなのに、元気で足腰が強くて腕白で、わが子は鼻タレ小僧そのものだ。かくして夢はまた崩壊。

しかも漫画家。アシスタントを抱え仕事場を持ち、忙しい。外遊びだって大好きだ。いくら息子がいようとて、こういう部分は変えられない。よって両親をはじめ、妹さんたちをはじめとした応援部隊に頼むのであるが、愛されて育てばいい。

大人との関係は問わずにちゃんと愛され、理解され、かわいがられて大人になって記憶に残れば子供はいいんじゃないか。もろん子供の性格にもよるけれど。大事なところでちゃんとすれば子供はどうにかなってくれる。たくさんの大人に愛されている息子さんは幸せだ。マザコンに。夢は実現されるだろう。なかなか面白い。

十八・『あなたの美空ひばり』（マガジンハウス刊）

〈十三回忌メモリアル完全復刻版〉表紙に銘打つロゴまで当時だ。

昭和三十三年である。二十歳前後のひばりの輝き。いい、メチャクチャいいっ！

『三人娘』で売れに売れ、後々問題となる上の弟がデビュー。

舞台にラジオに大活躍。テレビはイマイチ庶民に遠く、娯楽といったらラジオである。

ラジオ東京がやっていた『ひばリアワー』で様々な人との声のお便りが又、絶対的な天才さを思わせる。当時の社会風景と、若者達を楽しませようという主旨か、ページ、ページの挿し絵、挿し絵によく表れている。

十九・『そりになったブナの木』（田畑精一・神沢利子著／国土社刊）

何を隠そう、小学二年。夏休みの読書感想文課題図書である。

唯一、学校で賞状をもらったものであるから印象ぶかい、よく憶えてる。『第○○回 青少年読書感想文コンクール課題図書』光りに当ててかろうじて判読できる銀のマークが押してある。ボロボロになりつつも、未だ本棚にあるものだ。

幸せであっても動けない木。

ある日きこりがやって来て、その身体を切り刻む。バラバラになったブナの木は、そりとして生まれ変わるのだ。きこりの子供達と雪山を滑る。初めて自由を得たのである。

同じ風景をずっと見て暮らすより、いろんな所を見られた方がいいなぁと子供心に思っていた。いろんな所に住んでみたい、既に芽生えていたからか。挿し絵がかわいらしく、雪の少ない地に住むわたしの憧れを誘ったりもした。

とりあえず以上まで。まだまだ紹介したい本は山のようにあるけれど、紙面が尽きる。他のお奨め本を知りたい人はご一報下さい。

十九冊。まあ、過不足なくできたかなという感じである。

▼免許証

未だ免許がない。

車の運転免許証を持たないのである。

バイクの免許を取ったが高三の夏休み、十七歳の終わりであったが（もちろん、誰にも言いやしなかった）車となると勇気がいる。

第一、試験が難しそうだ。あらゆる試験、殊《こと》、検定試験と名のつくものには落ちる運命を持っている。

第二、事故が心配だ。バイクですら何回危ない目に会っているのか分からないのに、車なんてとんでもない。

第三、取るに時間がかかり過ぎる。アメリカだったらどんなぶきっちょさんでも十日もあればと聞くけれど、日本は超要領のいい人で一ケ月。普通で三ケ月前後である。日本版・ぶきっちょさんのわたしなど五年は掛かる。費用も五倍。後々までの語り草。試験に落ちて落ちて疲れ果ててそれでも頑張り、やっと免許を取って一週間。あっという間に事故りましたの結果では、いくら何でも情けない。

よって免許は取らぬが勝ちだ。

しかしこの先、車がますます必要となるに、どうやって生活するのだろう？

今と同じく、ひたすら歩くに頼りますか。誰か無償のお抱え運転手となって下さい。もちろん経費は自腹持ち。車だってわたしのお気に入りのを買ってもらう。と、頼んだところで挙手する人もいなかろうから、死ぬまでには取ってみたい気持ちもある。

▼『子供にも』を考える

「子供にも」

思う大人が増えている。

○○を、××を。某人は芸術であったり、某人は運動であったりする。

『囲い込み』言葉は悪いが、通じよう。

『○○を教えてくれた××さん』

やがて大人となった時、思い出して欲しいの願いもある。

「地域で何とか」

「学校でなんとか」

しかし、一様に教えるのは疑問だ。好き・嫌いと同じように、向き・不向きがある。

例えば勉強。時々テレビでやる某大学生一〇〇人に聞きましたアンケート。

『勉強が好きだった』

驚くなかれ、イエスが八〇人もいるのだ。元々あったものである。元々あったものに運が味方し、才能を開花させ、さほど苦もなく天下の大学に入学を許したのだ。
『この晴れがましさを子供達にも』
だから勉強を教えている、には頷けない。
親がやってるから子供も好きとは限らない。見事、反動するケースもある。
『子供にもやらせる』
『子供にも教えたい』
けれど、本当にその子供に才能があるなら、放っといたって運が導いてくれるはずだ。

▽ふりがな読本

昭和初期。たいていの新聞には子供でも読めるように、ふりがなつきであったらしい。事件らしい事件がなかったのか、何となくの風習であったか、それとも新聞購読普及へのサービスだったかは謎だけど、某人もそれで読んだと書かれていた。

なぞらっていたのを思い出す。新聞ではない。論文だ。集英社が出していた『学習漫画日本の歴史』。

シリーズ本になっていて、カゴ直利さんが絵を担当されていた。折り返しに作家の井上靖氏と、評論家の俵萌子氏の推薦文が載っている。

漫画だから、ふりがなつきは当たり前。今だってついているじゃないか。イエスである。狂わんばかりに夢を見たドラちゃまだって、今でもふりがなつきである。しかし『~の歴史』は、解説文にもふりがなが振ってあったのだ。

和歌森太郎氏が文を書かれていた。紙が違う。オールカラーでやや厚い本文に比べ、変わってる。教科書みたいでもないんだが、普通の紙とも一寸《ちょっと》違う。

行間だってつんのめり、写真は白黒。博物館にあるような専門的なものだ。

（何だかねぇ）

読む気力にはイマ一歩。しかし、読んでみようかと思った。漢字にふりがなつきである。習ってないのも多いけど、どうにかなる。せっかく小遣いはたいて買ったのだ。読まなくては勿体《もったい》ない。

大人しか読んじゃいけないんだったら、こんなのつけるはずがない。だったら子供でも読んでいいんだろうと思いわたしは、読み初めた。

『子どもの伝記全集』（ポプラ社）

同じように熱中していた本にもあったかも知れない。

専門的な文章を読んだ（ふりがなつきでも、中身は高度）初めてだ。今でもふりがなつきであろうか。

▽図書館

トンとゆかなくなったに、図書館がある。

半年前までは通っていた。タダの魅力。無料で借りられるなんてこりゃいいわい。頻繁に通いつめていたのが、バッタリとなり半年が過ぎた。

「あの人、どうしちゃったかしら？」

「ひょっとして、病に伏《ふ》せってるとか？」

『あの人は今』

館員さん達の間では、さぞ騒がれているだろう。一寸歩くに遠いので、ご無沙汰状態なのである。

子供の頃は、図書館の方から来てくれた。

巡廻図書だ。未だ絵本を主としていた頃だから、五、六歳である。

トラックではない大きな車がやってきて、様々な色をした丈夫なコンテナに、いろんな本が積まれてくる。貸し出される証《あかし》のカードだって今はプラスチックだが、当時はボール紙みたいな厚紙であった。オレンジ色のを与えられていたと思う。大人になればくすんだような水色になる。パソコンになっている検索だって、昔は飴色《あめいろ》に輝いた専用箱だ。

「これとこれ」

子供にしてはデカい手で、様々な本をいじくり廻した。

『のぐちひでよ』の絵本を借りた。双子の男の子の話『ピップとポップ』の描《か》かれている絵に外国を見たりした。

分野を問わず、人気のある本は入手が難しくなる。やっとの思いでしてみれば、どこか必ず汚れている。

（もっと置いときゃいいのに！　そうすりゃたくさんの人がいっぺんに借りられるのに！）子供心に思ったりした。

（あの本は何冊。この本はどれだけ）

興味がなくとも、同じ本が何冊も図書館や書店にあると嬉しくなるは、だからでもあろうか。

▼復活は至難『世界名作劇場』

『世界名作劇場』聞いただけでも落涙ものである。

少し上の世代が『ひょっこりひょうたん島』だの『狼少年ケン』だの『鉄腕アトム』だのというように、我々の世代では『ケンちゃんシリーズ』『まんがはじめて物語シリーズ』『一休さん』と同じぐらいに落涙・激涙・懐かしくってリンダもパンダもそしてわたしも困っちゃうものだ。

ざっとをいえば、今をときめく宮崎駿《はやお》さんと高畑勲さんがコンビを組んで、子供に分かりやすいよう、大人の視線にも耐え得るような作品としたアニメシリーズである。世界名作を軸としたため『名作劇場』。あるいは専属だったスポンサー名を取り『カルピス劇場』と呼ばれている（後半は、ハウスに移った）。

一番最初の『ムーミン』から『赤毛のアン』までは欠かさず視聴。その後、約十年は見なくなったけど、後半の『トラップ一家』だの〈ナンとジョー先生〉と続く方の『若草物語』だのは、飛び飛びだったが楽しんだ。

主題歌をほぼ歌える自信がある。ヨーゼフだのパトラッシュだのアメディオだのバロンだの、飼われていた動物の名前まで憶えている。『フランダースの犬』のアロアの声はサザエさんのイクラちゃんだとか、『アルプスの少女ハイジ』に出て来たハイジの天敵（?）ロッテン何とかさんは、同じく『サザエさん』に出てくる舟さんだとか、『あらいぐまラスカル』のラスカルは、機械でなくて人間がやっていたんだとか、どうでもいい知識もかなり豊富と自負する。関連本を何冊か読んだ。

今も地方の早朝番組や衛星・その他で放映。そこそこ安定した視聴率《すうじ》を稼ぐドル箱的な存在だ。強く復活を望む声もある。しかし、残念ながら可能性は低い。

一つ、宮崎さんと高畑さんにその気がない。

それぞれ今では有名人。

『風の谷のナウシカ』からしてわたしは分からないが、宮崎さんは今や教祖にも似た存在だ。高畑さんは良くテレビに出る。ギャラ・名声・その他。ここにまでになった二人に再びコンビ復活・名作を、などとは考えにくい。

一つ、番組全体の傾向を見ても、数年前に放映したものの焼き直しに偏るきらいがある。

『樫のモック』と『ピコリーノの冒険』がいい例だ。

原作は共に『ピノキオ』。連続して放映されていた。多少の違いは見られるが、主たる登場人物を見ると変化はない。極端な話、名前が変わっただけである。数年前に放映を大方同じくちょこっと変えても、先が見えてる視聴者が飽きる。魅力になってる場合もあるが、イマイチ魅力と言い難い。よって視聴率がとれないのである。

『いい番組』

『イチ押し』

『子供のために云々』

いくら関係者が強調しようが宣伝しようが、ある程度の視聴率がなければ仕方がない。これには運もあるけれど、あまりに薄い運ならば、雰囲気からして分かってくる。

加え主題歌に課題がある。いつやら適当、そこいらの歌手（といっては失礼だけど）の曲を流すようになってきた。宣伝になる。世界名作劇場で使われていれば箔もつく。効果もあるしと、制作サイドの思惑が浮かぶ。だが本来は違う。『ハイジ』なら『ハイジ』のための詩を作り、曲を作って歌手が歌った。時代の流れか、こういう良さがなくなってきたのだ。

まぁ、たくさんの曲を残された渡辺岳夫氏がすでに他界されているとあらば、どうにもないんであるけれど。終了してから早や五年。

『ひょっこりひょうたん島』が一寸の間復活し、『タイムボカン』が期間限定で放送されたをとれば三十年ぐらいすれば、ひょっとするかもしれないが、完全復活は望めまい。

ビデオテープを購入するか、録画するしかなさそうだ。

(付記)

・渡辺岳夫氏は他に『天才バカボン』『赤銅鈴之助』『オヨネコぶーにゃん』等々。小林亜星氏と並び、アニメ主題歌が多い。

▽一度だけの人

『中村恵美』がわたしの本名である。

『めぐみ』ではなく、『えみ』と読む。

時々、「めぐみさんですか?」と聞かれたりする。

「いいえ」とその都度《つど》訂正しているが、世には同じ字を書く「めぐみさん」もいらっしゃる。一度だけだが遭遇した。

健康診断のため保健所に行った時だ。

「中村めぐみさぁ〜ん、中村めぐみさぁ〜ん……」

何回かアナウンスが呼ぶので、そういう人が来てるんだろうと思った。

あっちの部屋へ、こっちの部屋へと診断は忙しい。わたしもめぐみさんも、あっちこっちと廻っては備え付けの長椅子に座って次の呼び出しが掛かるを待つ。

(あの人なのね)

何となく分かった。

某受付前。誰も置いてないトレイに、まずわたしが診断書を入れた。直《す》ぐめぐみさんがやって来て重ね置く。

「何これ?」

しばらくしてから奥にいた職員さんが、カルテ整理にやって来て、手にしたとたん声をあげる。

「ちょっと、ちょっとぉ!」

大声で通りかかった同僚さんを呼び留める。

「何これ? 二人いるってこと?」

「えっ、何?」

しげしげ二つの頭が二枚のカルテに注目する。何と、最初も『中村恵美』ならば次も『中村恵美』なのだ。

「そうなんじゃない?」

しばし沈黙。めぐみさんもチラと見る。どうやら事情を察したらしい。やがて同僚さんの方が、事実をようよう解明した。

「……あっ、でも二枚目の方は『めぐみ』って書いてあるし、字が全然違うじゃない。

こっちの方が断然、上手いし。一枚目の方は『えみ』だって。平凡だわね」

「なぁ～んだ、あたし、幻でも見たのかと思ったわよ。この頃、字が二重に見えちゃってね、アッハッハッハッ」

「あたしなんか三重だわよ、アッハッハッハッ」

アッハッハッ、アッハッハッ。誠たくましくお笑いなさる。

小心者のわたしは、一部始終ドキドキしたが、めぐみさんはどうだったであろうか？

本日のびっくりお笑い草、半月ぐらいは持ちますバージョンである。

『中村＋友達の名前』『友達の姓字＋恵美』なら慣れているけれど、漢字が同じく読み方が違うだけバージョンなんて、これからも余りないだろう。

▼あきらめ正解

『まんが家になろう!』（小学館刊）を読んだ。

「Gペン・スクリーントーンに雲形定規・墨汁……」

瞬時にコーフンしてしまう。下描きはエンピツでやるんだ、芯はHBでと決まってるんだと、いらぬ世話まで焼きたくなる。

〈藤子不二雄のマンガスクール〉

小学生の時、学習雑誌のふろくにあったを空んじるほど読んだのだ。『小学〇年生』である。結構、厚かった。〈さっちん一一〇番〉（山田路子作）が連載されていた頃だ。

簡単な漫画家の実態が紹介されてあって、〈仕事道具に必要なもの〉とあったが先記である。

全部で七つ。人によってはもっと多くを使用する。大変なんだと思い返した。が、「手にペンだこ」イラストにあった一言になれると思った。

思ったら吉日、直感したらまず実行。

〈身の回りを描いてみよう〉なんてコーナー、どうでもいい。実践である。

大学ノートを買って来た。四コマが面白いかと思って、定規を使いページを四分割にする。とりあえず描いた。ヘタである。よく分からないような生き物がコマの中に浮かんでいる。目鼻をつけた。何じゃこりゃあ？

二コマ目に複写をしてもますます悲惨。さらに正体不明である。大きさからして全然違う。人物はいいと周囲に移る。戸棚を描いた。が、なぜかゴミ箱にしか見えないのだ。惨《みじ》めなんてものではない。今ならパソコンを使ってやる方法も考えられるが、我々の時代にそんなハイカラ便利道具はない。外国製のテレビか映画でたまにお目にかかる程度だ。

（ムリだ）

そして瞬時に悟ったのだ。

話にコマ割り、絵の描写。キャラクターの人物設定云々と漫画家ほど大変な職業も珍しい。売れればアシスタントがやってくれるが、売れるまでが一苦労。根本的な絵の描写力に欠けている。輪郭だけでもそれらしく見えるが、必要最低条件なのだ。ヒヨコのつもりがカラスではお先真っ暗。向いていない。

努力以前に才がない。どんな趣味なり、職業なりにでも最低限のものが必要なのだ。早々に悟った。読者に徹する方がいい。

以降は読者に専念した。何とか賞の審査委員長のように、よってわたしのマンガを見る目はキビしく、ウルさくなる。ないものねだり。半分は、才能をねたんでいる。まあ、原作者という手もなくはない。そのうちにと半ば本気で思っている。あきらめて正解の職業だ。

▽空梅雨《からつゆ》の喜び

ここ二・三年、空梅雨が続く。最初だけちょこっと降って、ハイ終わり。良くわかんないのに梅雨が明《あ》ける。気象庁もコマったちゃんとなっている。水不足だとか、農作物への影響だとか社会的に心配されているけど、個人的に空梅雨は、まこと喜ばしい限りである。

喜びの舞いでも二、三、考案したくなる。天然パーマ。略し天パー（天然パープリンではない）のわたしにとって、梅雨は悪魔の使者と同じなのだ。

乱れ山姥《やまんば》雨の日バージョン。

湿《しめ》り気を帯び、熱を持ち、ムワ～ッっとなる。

頭が重い。蒸れて蒸れて仕方がない。ベタベタつけた整髪料（今も軽くつけている）の匂いすらヘンに気持ちの悪い湿り気そしてニオイを帯び、髪の毛の一本、一本に絡みまくってどうしようもない。トイレに行って直そうにも乱れ切っててダメなのだ。既に型ができている。ほんの五秒で元通り。乱れ山姥となるんである。

ましてギョロ目のワシッ鼻。大雨をさ迷う、砂かけばばあのようではあるまいか。梅雨とて関東地方の比ではない地域に住んでいた時など、よく耐え抜いて学校に通ったものである。我ながらけなげだ。あっぱれだ。

あちらが立てばこちらが立たず。梅雨とて例外ではない。

▼謎めく二人

所用で学習雑誌を買った。『小学○年生』である。

日本人なら知っている、某社が出してる有名雑誌だ。わたしも読んだ。

（おや？）

ふと思う。まじまじと見る。大分、表紙が違ってる。

表紙中央は『ドラえもん』やら『ピカチュウ』だ。印刷もカラフルで、全体的に記憶にあるのより厚さがない。わたし達の頃は違っていた。最初の方はちゃんとしてたが、大方、わら半紙を使ったような紙仕立て。あまり目にいいとはいえないようなものだった。

懸賞用の折り込み用紙とか、人気マンガの最初のみがカラーで後は全部白黒だ。『名たんていカゲマン』（山根あおおに作）が好きだった。『ドラえもんの英会話教室』が組まれた号もあった。

やたら丈夫な表紙には、いかにも大人好みの学童帽を被った坊っちゃん・嬢っちゃんが正面を向いて笑っている。サクランボみたいに輝く頰も健康的が過ぎていれば、一本も虫歯もなく正しく並ぶ歯並びも不気味であった。

（何、これ？）

こんな子いるわけないじゃんか。気持ち悪くて仕方ない。

さぞ毎日規則正しい生活を送っているんだろう。きょうだいかなぁ？　お友達？　ずっと？《ハテナ》が続いてた。サクランボ色に輝く頬よりも、とにかく虫歯も全くなさそうな歯が気にかかる。きっとお母さんから、イヤというほど歯磨きをさせられているんだろうかと勝手に想像したりした。調度その頃学校で、歯に薬をつけてどれぐらい磨きが足りないかの検査みたいなのがあった結果が、思わしくなかったが尾を引いていたのだ。

「今は遊びの延長みたいになっています。興味をそそるような構成でね」

新聞を読んでいたら、ずっと編集長をやってらっしゃる人の声があった。

一つ質問してみたい。あの歯並びの二人にモデルはあったんだろうか？

某薬品のイメージキャラクターのモデルが、シャーリー・テンプルであるように。未だ謎めく二人である。

▼小さき悩み

二歳だと思う。すでに一つの悩みがあった。

(大きくなったら地球にはいられない。よその星に行かなくちゃあならないんではないか)

毎日毎日、思っていたのである。

背の高低だ。

父親が高い。一七〇センチは悠《ゆう》にある。○○ちゃんのおじさんより、××さんとこのお父さんより、ずっとずっと高い。母親だって今のわたしぐらいあるが、幼児だったわたしには、父親の背の高さがとにかく異常であった。

「ひょっとして、ウチのお父さんは地球の人じゃあないの？　よその星から来た人なの？　だから大きくなったら、わたしもよその星に行かなくちゃあならないの？」

「そんなこと」

決まって大人達は笑って否定をしてきたが。

「かわいい発想するんだね」

軽く言われてムカムカした。

今、同じ年頃であった頃の幼児を見る度、思い出す。

低かった背丈の頃の視界を。見上げて話をしなければならなかった時を。しゃがむと土の粒々までがはっきり見えた年齢の頃を。

一八〇センチを超えるパパ。一七〇センチに近いママ。

そうして怖くはないのだろうか。

▼某教師

昔、殴る教師を目の当たりにした。初めてである。

「……って言っただろっ！」

声と同時に『バッシ〜ン』と強く一発、音がした。下から上へ右頬を突き上げるよう、見舞っていったのである。張られた子の頬は見る見る内に赤くなる。

（！）

見てたわたしが固まった。信じられない。あの先生、あんなに優しい先生が。

「○○をして遊びましょう」

先生の方から声が掛かって、教室内で遊ぶことが良くあった。

「皆さん」

園児に毛が生えたようないたずらっ子達に向かい、常々呼びかけてくれるような先生である。そんな先生、あの先生が。殴るだなんて信じられない。

「……だろ」

「……だったはずじゃあないか」

いつもとは裏腹の言葉遣いにも恐怖を感じていた。口が悪くて評判の男の先生みたいである。お説教はまだまだ続く。張られたままの頬の子は、時折小さく頷きながら聞いている。

（かわいそうに）

あんなに怒らなくったって。よっぽど先生はあの子が嫌いなのだろうか？もし、怒られているのが先生だったら、どんな気持ちがするだろう？自分の子供でも、ああやって怒るのだろうかと思いながら時間が経った。

次は移動教室である。廊下に並んで先生を待つ。

「さっき先生の時計が顔に当たったぜ、俺」

気になって目をやる。頬の腫れも引いたその子は、いつものように友達とじゃれあっている。何で平気なんだろう。不思議でならない。わたしだったら気にするのに。気にして気にして、気分がとても悪くなり、沈んでしまうに決まっている。

（あんなことして平気なのかな、先生は）

今度は先生の方を見る。

教室の最後の窓を確認中である。プレハブ校舎の木枠の窓は、確認するたびガタガタ鳴った。

（あんなことして……）

自然、目で追う。行動を視線で追ってみる。と、一発食らわせ命中させた子に近づいてゆくではないか。じゃれあっている子は気づかない。

「○○くん」

ちょっと注意を引くように近づき、

「さっきはごめんね」

言って引率のため前列に向かって歩き出した。それだけだ。

少しばかりにテレ臭いような表情をしていたと思う。

見ていたわたしもびっくりしたけど、言われた子も瞬間、わけがわからずポカンとした。

思わず手を挙げてしまった子供に謝罪した教師。わたしもあれからいろいろなタイプの教師に出会ったが、ついにあんな教師に出会うことなど二度となくして終わってしまった。

人というのはたまたまだ。たまたまの運が出会いとなり、やがての運に結びつく。あの教師に受け持たれて本当に良かった。幸せであった。未《いま》だ記憶の中にある。出会えた運に感謝する。

▼映画から学んだこと

中学一年の夏休み。衝撃的な映画を見た。

『ガラスのうさぎ』（高田敏子原作／蝦名《えびな》由起子主演）である。

某社の本がベスト・セラーとなったのだ。映画化、文部省（当時）もお墨をつけた。

「いってみようか」

たまにはいいじゃん、高尚も。珍しくメンバーの意見が一致した。

長門裕之さん演じるガラス細工職人の父が、ちょうど火吹き棒を使ってうさぎを型取っているシーンから始まってくる。母親役は長山藍子さん。

平凡ながら幸せな生活を営む家族にも、段々戦争色が濃くなってくる。嫌だったのが学校のシーンだ。

工場へ行って働かされて、云々ではない。

「何ですかっ、あなたはっ！」

いきなり教師にどやされるのだ。

「この非常時にアップリケなんかして！　恥ずかしいとは思わないのですかっ！」

信じられない言い方だ。

あまり殺伐な毎日に嫌気が差《さ》した主人公は、こっそり下着にアップリケを施した。

小学五年の時だ。と、着換えの時に目敏く担任教師（女性）に見つかってしまうんである。悔しさに泣きながらせっかくの作品を鋏《はさみ》で切り刻んでゆくシーンが、とても印象的だった。

「お母さんが先生によく言っといたから」

長山さん演じる母親の優しさも良かったが、妹さん達が戦火に飲まれてしまう以上に、より印象に残った。

個人の自由を根こそぎ奪う。

何を読もうがいい自由。何を飲もうがいい権利。

そういうものを戦争は、根こそぎ奪ってしまうんである。

国家の権力。国がダメ、だからダメ。お前の好き・嫌《きら》いなんちゃ聞いてられない、聞くもんかの一点張りになってしまうのだ。

『人間である前に国民であれ』

『足らぬ足らぬは工夫が足らぬ』

『欲しがりません勝つまでは』と同じく昭和十五・六年にあった謳《うた》いであるが、そんな時代に生きていたら、わたしだったら間違いなく発狂する。

珈琲が飲みたくてたまらないのに、国が日本茶しか認めないと言ってくる。マンガが好きでたまらないのに、マンガなんて読むのは恥知らずだと言ってくる。

某振り付け師（男性）が、「僕達の時代は男のくせにバレエなんてやるのは、国辱だと言われましたよ」と言っていたが、重ねて見れば分かってくる。

戦争を知らない子であるわたしが戦争を学んだ唯一の映画だ。

大変にいい。素晴らしくいい。ムチャクチャにいい。ほんの一シーンで、戦争が分かってしまう映画である。

数年前まで夏にテレビでやっていたが、昨今、野坂さんのアニメ映画ばかりが注目されている気がする。アニメの方が視聴率《すうじ》がとれるのだろうか。『〜うさぎ』をずっと推《お》したい。十二歳の終わりに受けた感銘である。

ずっとずっと忘れない。

▽桃

桃の季節が近い。

『桃源郷』

『食べると長生きできる』等々、果物の中でも桃は特別な意味を持つ存在だ。

『桃尻娘』Hな面でも使われる。

大好きである。スイカよりいい。メロンも好きだが、桃には勝てぬ。缶詰もいいけれど、季節を思えば生《ナマ》である。

早速、近所で買って来る。パックに入った、白い網目の発砲スチロール。ラップでピチッと包装されてるデリケートさがたまらず目尻が垂れまくる。四つの内の一つを手にとり、重さを確かめ皮をむく。

熟《う》れていれば手でが礼儀の果物だ。ピンクに近い赤色の、丸まった方を手にし、ゆっくり皮を引く。一寸尖っている。本当に赤ん坊のお尻である。青尻を脱したばかり、ヨチヨチ歩きももう少しといった感じの肌の色が視界に入る。

（ああ）

もうダメ、ダメよと息をつく。食《しょく》さなければ悪いような気にすらなる。じゅるじゅるとした繊維質っぽい果肉がたまらない。あなたのためなら何だって、危ない思想になってくる。どんなオイタも許してよ、愛しさのあまりに目眩がする。

一気にお尻を。というのは何でもであるから、取り皿を出す。包丁で切って食べるが良かろう。やわやわとしたお尻ちゃんを切るのかと思うと迷いはするが仕方ない。切らなければならぬ、食《しょく》せない。

ああ、許してねお尻ちゃん。と、切っても切ってもお尻ちゃん。いわくは桃の果肉である。種はどこやら、いずこやら。

おーい。

探し出しても出て来ない。やっとと思えば梅干しだ。梅干しみたいな種がちょこんと真ん中に位置する。いつやら改良されたのかしらと、首をひねりたくもなる。

思えば、桃の種といえば凄《すご》かった。

まず虫だらけ。虫食いだらけのボロもボロ。中心部まで食い荒らされてて悲惨である。

その上、大きい。デカすぎる。

中学生の頃、家庭科の教科書に「桃の食べられる率は、アジと同じく五〇%」と書いてあったがウソに見える。ババっちいものといえば、まず桃の種が当時は浮かんで来た。

今や桃の食べられる率は八〇%、いや九〇%に近かろう。歴史だけでなく家庭科も教科書を検定しなければならぬようだ。

『種なしスイカ』があるんだったら、『種なしお桃』も夢ではない。これで七十歳、八十歳になっても、わたしは元気で桃を食べらる。その前にそこまで生きていられるかが問題だけど『種なしお桃』を食すを目標に、これからは生きよう。

▼『コース』に捧げる感謝

愛した品々がこの世から、はかなくも消えるは哀しい。

『マイナスパワーを持つ女』

そんな経験だらけの人が某誌に紹介されていたけれど、全く悲運である。作家の某氏も某筆記具を痛く愛用されていたが、

「もうすぐ製造されなくなると聞きましてね、十万本ぐらい買って置きました」と、おっしゃられていた。

わたしの場合『コース』である。

『時代』と共に中学からの学習雑誌だ。デビュー作（大げさにいえばの話だが）が載ったのだ。

中学一年の夏休み。

とある教科の宿題ができなくて、ウンウンで唸《うな》っていた。数分後、唸るに飽きて退屈しのぎに指を折ると、短歌モドキができてきたのだ。モドキであっても短歌は短歌。どっか

に出してみようかと、床に転がっていたのをめくり、応募要項に従ってハガキに清書。郵便ポストに投函したが運良く入選してくれたのである。

忘れかけていた頃、通知がきた。

出版社のマークの入った茶封筒。何だと思った。通知を読んでも分からない。落ち着いて読む。じわじわした喜びが湧いてくる。同封のアンケート用紙記入に手が震えた。

写真を送れともあったから、家族旅行の時のを同封。小学六年生の目鼻立ちだ。約一年前のものだけど、あまり変化がないからいい。歌と写真。

『〇〇市立××中学校　中村恵美』

ゴシック体で印刷された喜びを、何と表規したらいいだろう。ひっちぎってとって置いたが、どこにあるかもわからない。

「『コース』にするのよっ！　『コース』にっ！」

妹が中学生になった時、強い調子で奨めたものだからであり、高校時代も迷わず『コース』を購入、続けて投稿したりした。

社会人になっても書店に売られているのを見て、安心感を得たものだ。

それがなくなってしまうなんて。知った時には驚いた。大きく出ていた新聞紙上だ。

『さほど購入率がない』

よって廃刊だか休刊になってしまったのである。五十年も前からあった雑誌であるけれど、時代対応ができない。

『今は年代向けにもっと選択肢がある』

関係者の話にもあった。

ショックだった。初めて作品が活字となった媒体なのに。

けど仕方がない。幾つかの選択幅があれば、より好みに合うものを選ぶが本能だ。

赤ん坊だって自分の好みで行動する。幾つかのおもちゃがあれば、好きに向かって這《は》ってゆく。

「どれにする?」リンゴとナシとミカンとバナナ。

「バナナ」と答える術《すべ》を幼児だって知っている。だったら当然なのではあるまいか?中学を卒業して早やウン年。世だって変わっているのだから。復活版を期待しよう。

▼虐待所感

『虐待＝母親だけいわゆる高度経済成長期以降に生まれた母親のみ。昔の母親だったらあり得っこなかった、今の母親、血の繋《つな》がりのない親がやるに決まっている』説を非常に疑問に思っている。

なぜならば『母性愛＝母性本能』。セットになって本能的。女だったら誰にでも。生まれついての備えつき。一言いえば分かるはず。分からないのはアンポンタン。男に求むはムリだけど、女であればどうにでも、などと未《いま》だ思われ、凝りに凝り固まった認識が、深く根っこにあると思われるからだ。しっかり、ちゃっかり根づいている。

『父の愛は空よりも広く、母の愛は海よりも深い』の家族主義。

家族は愛です、何てったって家族ですものわかって当然、理解できて当たり前、の家族主義。家族が絶対平和ですなんて、はっきりいえばどうだかねぇ。

わたしが小学校に入った年と『第一次石油ショック』が起きたは重なるが、前後して社会問題となったが『コインロッカー保育』だ。

『できちゃった』若い男女が、わが子であるはずの乳児を駅のコインロッカーに放置するのである。死体となった乳児が出たり、発見されたとの報道が毎日、山のようにされていた。

『母性喪失』

当時のお決まりであったけど、『母性』なんて、深くを思えば何だかねぇ。

それが証拠に『自分のお腹を痛めて生んだ子だから』なんて最近いわない。あの子の気持ちが良く分かるなんて既にレトロである。

間違ってもわたしが母性的、女性的とはかけ離れた性格（年齢不詳・属性不明・おっさんのような、おばさんのような人だとよくいわれてる。友達いわく、書く文章は、おっさんを越え翁《おきな》だそうだ）だからいうのではない。

事実だからである。昔々の大昔から、虐待なんてものはあった。現在強調されているような、母親が幼児をいじめ、弄ぶようなだけのものではない。言葉その他の暴力や身体を痛めつけては喜ぶ親。育児放棄する親なんて、洋の東西を問わずワンサカいたのだ。

名作を紐解《ひもと》けば良い。

『にんじん』や『ハックルベリー・フィンの冒険』。

『赤毛のアン』のアン・シャーリーは孤児院の出だし、〈ナンとジョー先生〉アタマがつけられ、アニメとなった『第三若草物語』も、親と一緒に暮らしていない子供の日常生活である。

たけのこが食べたいと願う母のため、雪の中を探しにゆく息子話が中国にあるが、凍え死ぬを母親は実は望んでいた。

（バカじゃん！　雪の中にたけのこなんてあるわけないじゃん）

ああ親孝行、親孝行な子供ですと続くナレーションの反対を思った。

子供の時にテレビで見た紙芝居である。

『小公女』や『小公子』、『マッチ売りの少女』。

『足長おじさん』。

村岡花子の訳を読んだのは少女の頃であったけど、主人公となるともっと悲惨だ。お墓の横に捨てられていた赤ん坊であった。名前もそこからとって園長が決めたとあった気がする。

『ピノキオ』に出てくる〈見世物小屋〉は、そういう子供を集めた小屋だ。

『本当は怖い』グリム童話だ昔話だと話題となったが、事実と踏んでいいだろう。稲川淳二の世に近い。

「逆立ちすればふるさとが」

ひばりが歌った『越後獅子』に、山本茂実の『野麦峠』。

『三倍泣きます、泣かせます』

三益愛子の母子草。逆手をとれば、商売になる。

子供のためにこれでもか。母性愛の幻想に心酔、自ら悲惨となるを喜ぶ母の物語。シリーズものとして終戦直後、大ヒットをかました映画の謡いであるけれど、今やはち切れんとすればするほど観客は泣き、情《じょう》が情けを呼びに呼び、言葉となって口から口へ伝えられ、三倍どころか配給先は五倍も笑い、ウハウハになる仕組みである。

今でも人情ものを謳った時代劇では、よく使われる。ある程度は共感できても、ああいうものには、くどさを感じる。くどくてくどくて仕方がない。それを〝情《じょう》〟と呼ぶのだろうが、程度があるだろうといいたくなる。

(あんたはマゾか?)

真面目に聞きたくなってくる。

主君のために我が子を殺す演目が歌舞伎にあるが、時を巡ればあっただろう。

敵と思えばたとえ親兄弟・親戚縁者の仲とて殺害し、自分の領地を拡げてゆくが戦国時代のやり方だったし、年端のゆかない乳児や幼児の生命だって、敵と思えば毒を盛る。

『赤い鳥』

日本版・グリム童話ともいえるものにも虐待まがいが沢山あって、子供の頃、アニメで見る度あまりの怖さに震え泣いた。

知る限りでは三度の映画化、下村湖人『次郎物語』など、みんな虐げられて育った大人の回想録だ。

明治から大正、昭和初期にかけて東北地方で殊に、度々の飢饉に見舞われたが、その都犠牲になったはやはり子供〈おしん〉である。

『口減らし』

名が幅を効かせていた。

男の子なら丁稚奉公、女の子なら子守りである。芸者小屋に売られた子だって少なくはない。小林綾子が涙を誘っていた当初、活躍していた力士とともに我慢の象徴・美徳の代表とされたがとんでもない。

「あり得っこない」

できっこないと五十年前の冷笑対象、今や現実、世紀の注目、手塚治虫の『鉄腕アトム』のアトムとて、元はといえば捨て子（？）なのだ。

事故で愛児を亡くなった天馬博士が息子代わりにロボットを作る。初めは何だかギコチなく、潤いも感情もなかったが段々潤い、感情を持つにつれ、博士も愛情が芽生えてくる。だが、決定的なことに気がついてしまった。背が伸びない。身長何センチ、何センチと本当の息子なら育つにつれ骨格ができあがり、背たけも伸びて顔つきだって変わるのに、そういう変化がニセ息子でもあるこのロボットには望めないのだ。

怒った博士はサーカスに売り飛ばしてしまうのである。〝サーカス〟というがいかにも昭和二十六年であるけれど、生みの親であるはずの博士はここで完全、子であるはずのアトム（息子名は飛雄）を捨ててしまうのだ。

サーカス団の一員として舞台にあがっていた捨てられ子、アトムを観客席から見ていたお茶の水博士が注目・育てたいと願って引き取るのである。

捨てた親と拾った親。生みの親と育ての親がいるがアトムの背景なのだ。

ロボット版〈おしん〉である。

〈おしん〉世代が祖父・祖母に当たるわたしの父母は、芝居一座が来ると必ず子供がいなくなった。後継者育成のため、関係者がさらうのだ。さらうは大人達である。兄弟が多かったり、家が豊かでなかったりすると狙われたらしい。

『人さらいが来るから、夕飯までに帰って来なさい』

いわれた人も多かろう。

「いい人に拾われるんだよ」

信じられないかも知れないが、わたしが小学生だった頃、学校で見せられていた教育フィルムには平気で赤ん坊を捨てる親のシーンが描かれていた。様々を絡み合わせると、昭和の終わりまで社会的にそういったものへ関心が薄かった。関心が薄いから罪の意識なんてない。

『かわいさ余って』

憎さ一〇〇倍と続く言葉や、『かわいい子には』旅をさせろだのの認識が、大人の都合を拡張させた。よって首を絞めたり、長時間外に立たせて反省を促すような度の過ぎたものも『かわいい（＝愛している）ゆえ』と捉《とら》えられた。が、憎さも一〇〇倍以上となると毒となる。

『かわいい』なんてどこへやら。『毒（＝嫌悪、いなければいいの感情）』としか、人間は抱けぬようになってくるのだ。

「気に入らない」だの「かわいくない」

平気で口が突いてくる。

「いなけりゃいい」だの「お前なんて」

罵声を浴びせるようにもなる。

「……昔の親と私を見るようで……」カウンセラーでの言葉と繋がろうか？

ああいう親になりたくない。自分がやられて育ってきたから、我が子にだけはやるまいと思っているのになぜかやる。

誓ってきたのに繰り返す。

やられたことをやり返す。意識もせずにやっている。繰り返す動物である人間は、この点までも繰り返すのだ。

系統的に親と似たような相手と一緒になり、よほど意識しなければ、育てられたと同じようにしか子供を育てられない。子供だって何となく。結婚だって何となくするのではないだろうか。『なりたくない』思っているのになぜかなる。

♪親父みたいな　酒飲みなどに……

ならぬつもりがなっていた、歌にあったが親子の事実だ。

歌舞伎や能といった伝統芸能の家では、基本的に自分が教えられたと同じように、親は子供に芸を教え、伝承しようとするだろう。時にひどくぶつことだってあるかも知れない。

「こうして俺も仕込まれたんだ」

長じてゆけば同じである。

『気に入らない』

いわれた心の傷が再発。気にくわなければ徹底的に、無意識的に我が子であろうと嫌悪する。血の繋がりはあっても、相性は別。

何人か子供がいるとしよう。メチャクチャ相性のいい子もいれば、どうしても理解できない、気にくわない、どこをどうしてどうしても分からないような子だっているが、親子の事実だと思う。

「気にいらないから」

そういう子供が捨てられけなされ、愛を知らずに潤わずに育っていってしまうのだ。

『十人十色の人、いろいろ』

ならばいくら親子であろうが、血が繋がろうが、ものの見方や考え方、価値観が系統的に合わなければ、いじめる親といじめられる子。気に入られる子とそうでない子の図ができる。そういうものが重なって、感情的、原始的なものが触れた時、瞬時に来るが〈虐待〉なんではなかろうか。

『子供のために』

よかれと思ってしていても、子供は望んでないやも知れぬ。

『親なんだから』

潜在意識に世間の目が、ベタベタした泥のようなしつこい情《じょう》を醸し出す。

『親バカ』

いかに自分がいい親であり、子供のために時に過剰と思えるほどに走り廻って奮闘するを良しとする。クタクタなのも知らないで。

喜怒哀楽は本能だ。何に笑って怒るのか。個々によって違ってくる。

しつこいが親だから、子だからとて繋がる系統にあるとは限るまい。教師だから、近所に住んでる人だからとて合う、合わないがあるのと同じように。他人だってあるのだから、肉親ならばなおさらだ。

にもかかわらず、相も変わらず『虐待＝母親だけ』『血の繋がりのない親子だけ』を強調する。突き詰めれば血の繋がり。戸籍が大事とされる社会だからであろうか？

由々しき困ったちゃんである。

『子供？かわいいだろうけど、親と合うとは限らないし、人間として見れば別だしねぇ』

『育てるって大変だよね。だって責任が伴うもん。その気がないなら、産まない方がいいじゃんねぇ』

『別にいなくたって、夫婦が良くなればいいじゃんか』大手を振って言える日が来、男も女も老いも若きも、保育に育児、教師に全ての関係者達が考えなければなるまい。

▽虐待を育むもの

実母あり、実父あり。

義理の仲あり、近所の人あり、習い事の先生あり。『ゆりかごから墓場まで』にも勝る『一から一〇〇、一〇〇から一〇〇〇。あるとあらゆるヒトコマで』

先に述べたように、虐待について基本的にわたしは考える。

『躾《しつけ》のため』が最優先。

専門家でも軽々しく口に出すのは雰囲気からしてはばかられる程、認知度が低かった。

約十年前、某所に『子どもの虐待センター』ができてから段々認識も変わり、イマイチであった知名度も高くなっていったように思う。平成三、四年が節目の年だ。

しかし、同時にされたのは何か。

「これこれすると」こうなります。

胎児&幼児の研究。育児雑誌の氾濫《はんらん》に、公園デビューの恐怖である。

「これこれすると」こうなりますよ、こうなっちゃいます、なるに決まってるざんすのシェ～ッ！　てなもんや三度笠（古過ぎて凍てつく）的刷り込みだ。

『三つ子の魂』

何事も小さいうちから。だから伝統芸能を受け継ぐ家では、一歳ぐらいで稽古する。

『幼稚園では遅すぎる』

井深大氏の名著である。

幼児期＝全てを決めるとひた走る。

机上だけのお勉強。教科書と参考書だけに学び、知識を得、いかにマニュアルに添い実行するかだけで評価されていた世代であるから（戦前からいただろうが、パーセンテージが低かった。ある程度の知識と認識、見解がある家、中の上以上の良家夫人がやっていただろう。庶民レベルにまで知識が及ぶにはまだまだ遠かった）育児も氾濫している雑誌だけに頼り切る。

『絶対ではない』

いくら最近、専門家達が否定しようと『三つ子の魂』。

育児の基本向きにある。まことしとやかいわれてる。払拭するには×一〇〇倍ぐらいの時間がかかる。同じぐらいの子供を持つ近所の奥さんなんて友達というよりライバルだし、姑・実母に聞いても古くさい。夫は仕事・仕事で育児になるとトンチンカン。だったら自分でやるしかない。何冊も出ている育児雑誌を完璧に読みこなし、自分が賛同できる幾つかを選択、実行する。

『東京子どもクラブ』

かつてテレビで盛んにやっていたが、火付け役だろうか。

『チャイクロ』

いわゆる良本、子供にとって素晴らしい、やさしい叙情を育むをご本の訪問販売なんてのもあった。

『しまじろう』

知らない幼児を持つ親はない。

某社がやっている幼児教育に入会するか何かすると貰えるネコのキャラクターだ。リュックになってててかわいらしい。よく背負ってお出掛け幼児を見る。

『自然に育ってくれれば』

口ではいうも、水面下では『人より早く優れた子を』

そのためだったら躍起《やっき》になる。一生懸命、本気になる。

情報誰より先走り。ホームページで検索しまくり、ゲットである。マニュアルに添って添って添いまくり、実行してしてしまくることを良しとする。目標に向け、完璧に間違わないようにキチンとやれば、望むべく『いい子』ができると信じてる。

『歩く人形・生きてるオモチャ』

ゼンマイ仕掛けか何かのように、どこかで子供を思ってる。

「そういうの嫌いよ」

いいさえすればフェ〜ンとなって、「ごめんです、ママ」なんてかわいく謝る、タラちゃんみたいな子供なんていないるわけないのに。

おのおの感情があり、スピードがあって個性がある。

子供が予想もつかない、年齢からは想像できないような行動や言葉を発した時が危ない。マニュアルにない、とんでもない。親の知識・予想範囲と眼中にない。許容範囲内を少しでも外れていれば今や『多動性なんとか』で『遺伝子』がどうこう。すぐに『病気』とされてくる。

親なら『個性』と見ればいいものを、専門家ばかりに依存しているから、病気なんだと決めつける。夢の崩壊。いい子どころか我が子は遺伝子系の病気であった。ああもうダメと将来までを悲観する。わたしの家系か、あるいは夫の云々との気持ちが強くなってきて、虐待に走るケースもあるのではなかろうか?

『這えば立て、立てば歩めの親心』

分からないでもないけど。

「〈三つ子の魂〉なんてあまり実証されませんしね」

「〈幼稚園からでは遅すぎる〉?ああ、知ってますよ。井深さんのでしょ。でもそうやって早過ぎる英才教育を受け、十歳で枯れに枯れ果てた老人みたいになった子供がゴマンといます」

「ン……まぁ〈ハタチ過ぎればタダの人〉ともいいますよねぇ。あれって本当なんですよ」

もっといわなければ水面下で虐待は増える。

小児科医やら地域の保健婦、あるいは保育士、近所の人。

「子供がね……」

せっかく相談したところで、

「みんなそう」

ブーだ。

「頑張りが足りない」だの「今を過ぎれば」なんて適当なごまかし、あしらい言葉はタブーだ。

「あんた、母親でしょ」

なんて最悪、よけい子供をいじめてしまう結果になる。子供ひとり、ひとり違うように、親の悩みだって千差万別なはずなのだから。

情報化社会。

何でも先へ、先へと結果までをも先走り、ちょっとズレれば後は崩れるに決まっていると思う社会のこれも悲劇なのだ。

▼ニキビ

ここ五、六年、高校生の肌が綺麗である。

男女問わずにピカピカ・ツルツルお肌で電車に乗る。そんなに朝から輝いてどうするのだと聞きたくなる。

ニキビなんて豆粒ほどもありゃしない。雑誌モデルさながらだ。

ああ、時代は終わったのね、ニキビ＝青春のシンボルでなくなってしまったのね、青春をとっくに過ぎた元・青春さんはブックサいう。

わたし達の年代まで、ニキビは青春のシンボルであった。某落語家が青春時代はすごかったといっていたし、お兄さんがひどくて、友達も嘆《なげ》いた。

わたしはできなかったが、中学に入った時、そのように雑誌に書かれていたし、高校時代、顔面ニキビだらけの人を見ると、八十歳を過ぎてもああいう人は青春なんだろうと考えた。ニキビがない＝自分は青春を送る資格がないんじゃないかと、真剣に悩んだりもしたものだ。思えばかわいいものである。

なぜ、今の高校生は朝からお肌ツルちゃんか。

何せ食べる量が違う。男も女も高校生は、今、さほど食べない傾向にある。

青春時代に食べると太る。太ってからでは遅いのだ。

運動部だからといって、バカスカ食べるようでは望めない。油の質も違ってる。油ぎった某社のフライドポテトを喜んで食べていた幼年時代とは違う。何とか酸だの健康カントカだのとの食用油がたくさんある。マスコミ陣とタイアップ。テレビを初めコマーシャルでバンバン宣伝しまくれば、健康大好き、少しでも身体にいいことしたい奥様族はこぞって買いにゆくだろう。健康志向油で健康大好き、少しでも身体にいいことしたい料理人が作った料理を食べているのだ。

よって自然ニキビは激減する。就寝前のクリームが、さらにお肌にハリとツヤ。中年女性がやるようなことを、高校生からやっている。角質層も気にかかる。

『××アラシル』

ニキビ治療の定番として君臨してきた商品も、さぞ売れなくなったに違いない。イメージして考え、何となく浮かんで来てやっと分かるものに、ニキビもなりつつある。

▼オセロゲーム

酒も飲まねば、煙草も吸わぬ。麻雀も競馬もやらない小心者のわたしにとって、唯一、好きなゲームがオセロである。オセロとピンポールだけが、やってて楽しいと感じるゲームだ。

パンコンにもあるのでオセロの方をたまにはやるが、これがなかなか難しい。機械と思ってタカを括るとすぐ負ける。どこか必ずスキがある。めちゃめちゃ冷酷無比である。こちらの打つ手、打つ手をまるで計算しきっているようだ。

どこかの国でチェスの王者と機械がやって今年も機械が勝ちましたとニュースで聞いたが、負けた王者の気持ちが分かる。機械に負けたと思うと無性に腹が立ってくる。しかしプログラムしたのは人間であるから、その人はよほど頭がいいに違いない。

オセロが日本に上陸したのは、わたしが小二の時だった。

『オセロ』

学校にゆく通り道、コンクリートの壁にでっかく掛かった看板に大人の世界を想像した。

何というのか紳士・淑女。大人になったらするゲーム。夜の十一時ぐらいに一寸オシャレな格好をし、誰かの家に集まってヒソヒソとするゲームなんだと思っていた。そういう景色が、看板に描かれていたのだ。が、景色は簡単に手に入った。デパートにある。しかもオモチャ売り場に。買ってもらって夢中になった。一挙、わたしは大人になったのだ。

タテ・ヨコ・ナナメ。コマを置いて挟んでひっくり返す。

当時幼稚園児だった妹は、凝り性の姉に何度もつきあわされるハメとなる。

思えばかわいそうなことをした。一方的にわたしが自分を黒と決めるので、自然、妹は白となる。黒なら勝つと思っていた。当然、負けたりもしてたけど。

「面白いよね!」

「誰が、どうやって考えたんだろう?」

学校でも話題沸騰。オセロと『ロボコン』が話題の中心であった感じがして来る。

「くっそぉ」

負けそうになるとリセットボタンを押しては又、最初からが、わたしのパソコン流オセロゲームの方法である。

会話がないとか、おたくを増やすとかいわれるが、負けた腹いせにヘンに切れて相手に当たり、ブチ切れ五倍返しにされて人間関係に悪影響が出るよりいいだろう。

▼読めなかった色紙文字

武者小路実篤。

むしゃのこうじさねあつ、と読む。正式には『實篤』だが、高齢になってから面倒なので『実篤』とした。白樺派の人であり、新しき村。公家の次男坊であり、かなりの長寿者としても知られている。

『白樺派』

属していた文学グループだ。

『新しき村』

力を注いでやってた運動である。とてスポーツの方の運動ではない。活動の方の運動だ。今でも某県に存在するが、全てのものを自給自足しながら自然と共存。その理想郷を『新しき村』と、実篤は名づけた。

本業はもちろん作家だが、『～村』にのめり込むとともに高まったのが、画家としての名声だ。

何かで目にすることもあろう。太筆で囲まれた、色あせたような色彩。『仲良き事は』とか『皆さん御元氣で』とか書かれてある。売り上げ金は村の活動資金源となる。デザインをカバーとしている書店もある。

昭和二、三十年代色紙がブームを呼んだらしい。どこの家にも必ずあった。ウチにも和菓子入れと丸額に入った色紙（もちろん複製）があったが、子供の頃、わたしはこれが全く理解できずにいたのだ。

君は君
われはわれ
也
され
ど
仲良き

籠に入ったナスとカボチャの絵がある上部に、

実篤

ボンとはんこが押してある。

玄関に飾ってあるのを見る度、不思議でならなかった。

やたらめったら改行してる。だから一つの作品とは思わずに、たくさんの詩を一枚に書いたものだろうと思ったのである。おまけに『也《なり》』を『や』と解釈。ますますもって分からない。何だろう、分かんないのを書く人だ。これで詩かなあ、でも本人が詩だといってるんだから、とりあえずは詩なのだろうと思っていた。

とにかく、分からないのが印象の人だ。小学生も中学生を過ぎていたにもかかわらず、全くオポポな子であった。あれから何年か経ち、数年が過ぎ、もちろん今ではちゃんと読めて理解でき、めでたくオポポは脱したけれど小学生達だって、きっと似たような発想をするだろう。和菓子入れにもナスが描かれていたような気がするが、色紙の方が印象が強過ぎて憶えていない。

あの色紙は一体どこへいってしまったのだろうか。

▽或る体験

小一の終わりだった。

朝の会で先生が、「昨日《きのう》、帰る時、夕焼けがきれいだったのよ」と、話された。

しばらくしてからの休み時間、友達にわたしは言って見た。

「先生って、かわいそうだねえ〜っ。だって、わたし達は学校が終われば帰れるけれど、先生は帰れないんだよ。夕焼けが出るまで学校にいて、いろいろお仕事しなくっちゃあならないんだもん」

「何？　何の話？」

朝のことなど、友達は忘れている。

「かくかくしかじか」

続けて言った。

「先生はお仕事だから仕方ないかも知れないけれど、先生の子供がかわいそうだよね。だって学校から帰って来たって、お母さんがいないんだもん。かわいそうだよ」

「えっ」

びっくりして、友達が聞いてくる。

「何で思うの、そんなこと」

「えっ」

今度はわたしがびっくりした。友達は続ける。

「何で思うの、そんなこと。先生は〈夕焼けがきれいだった〉って言っただけじゃない。子供がなんて言ってないでしょ」

「……」

何となく沈んだ気持ちになってくる。

「せんせ〜っ。こんなことというんだよ、なかちゃん（あだ名）って。おかしいよね。へンでしょ」

しばらくしてから再びの休み時間があり、わたしのいる前で友達が言ってから、エピソードをしゃべったのだ。小一であるから背が低い。うんと見上げていた。

「おかしいよね」

確認するように、念を押す。恥ずかしくてたまらなかった。

「そうね」

先生が言ったらどうしよう。自分じゃ普通だと思うのに……。

ドキドキ胸が高まった。

「……」

聞き終えてからしばらく、先生がわたしを見る。恥ずかしい。

「そういう子なのね、あなたは」

「えっ」

「そういう子がいるんだなぁって思って」

「?」

そして何だか嬉しそうに歩いて行かれたのだ。

「そうね」

先生も同調してくれると思った友達は、拍子抜けである。

（そういう子）

鋭い子だな、思われたのかも知れない。優しい子だな、見受けられたか？

（洞察力のかなり鋭い、あなどれないクソガキ。ひょっとして大変なことになる）

わたしであれば正直に思う。早めに潰すが肝心だ。早めに潰して置かなければ、どうなることやら分からない。要注意人物として記すもいい。

大人となって思い返して見ても、小一ながらかなり鋭い。鋭い点は認めるが、しかしトンチンカンでもある。先生といってもすでに定年近かった。お子さんとてとっくに成人されていただろうが、そこらへんがやはり子供、小一である。

「おかしいよね」

「ヘン」

未《いま》だ胸に突き刺さる。ちょっと発想がぶっ飛ぶ子。他の子供と違う感覚を持つ子、発想をする子は、今でもやはり『ヘン』なのか。もし、あの時先生が友達に同調したら?夕焼けによく思い出す。

『疎外感《そがいかん》があった』

はっきり回想されている黒柳トットちゃんも、同じ気持ちであったに違いない。

▼笑いについて

『ルーシー・ショー』に『奥様は魔女』、『アーノルド坊やは人気者』『ファミリー・タイズ』『アルフ』……。

海外ドラマが大好きだ。

特にアメコメ。アメリカ産の米《コメ》ではない。アメリカで作られたコメディーである。翻訳者達や吹き替え陣達の力量はもちろんだけど、どうしてこうも面白いのかと見ていて思っていたりする。

思うに質が違うのだ。笑いに対する意識が違う。

『下ネタだろうが笑いは笑い』

『どうしようもないところ。身体的欠陥や家庭的背景をいたぶろうが突つこうが、笑いは笑い。ウケてしまえばこっちの勝ち』

『葬式すらもネタにする』

どっかの国の、特に某地域ではそうらしい。

エンターテイメントではない。

そういう部分・デリケートな部分をネタにしてまで笑いをとるは、西欧人にとって卑しむべき行為であり、恥じるべき行為と見なされてゆく。ちゃんとした教育を受けたものが求めるユーモアでもなければ、口にするものでもない。むろんアチラにもそれを売りにするコメディアンもいようけど、あまり上とは言い難い。

数年前、何とかという日本のお笑い芸人が、某国の観光地で笑いを取ろうとした。裸になってピョンピョン跳ねる。ある宗教がお得意とした儀式である。

円陣になっていた見物客はしらけムード。それでも頑張って彼はピョンピョン跳ねていたが、とうとう警察に連行されていった。そこで芸人が吐いた言葉がとんでもない。忘れたが、ものすごく恥ずかしかった。全然関係のないわたしが聞いても恥ずかしくなる言葉である。低俗極まる笑いについての認識が、モロ伺える言葉なのだ。

アメコメオンリー。

あまり日本の漫才師やお笑い芸人にわたしが期待しなくなったも、実はだからなのである。

ドラマの中で事件が起きても「事故だ。あなたのせいじゃない」の台詞が必ず向こうにはある。

失敗を必要以上に茶化し、罪の意識を一人だけになすりつけ、周りでいたぶり弄《もてあそ》ぶようなことはしない。日本の笑いは世界に通用しなかろう。冷笑だけが返ってくる。

▼いいとこお嬢・向田邦子

向田邦子。

すでに故となり二十年。

昭和ヒトケタ生まれの長女。『時間ですよ』の脚本家であり、爪を噛《か》む癖が一生抜け切れなかった人でもある。

何度か舞台になっている『父の詫び状』他エッセイを中・高校生の頃、よく読んだ。

最近では、須賀敦子と並び称され、時代の双璧者とされる。

『昭和初期の中流家庭』

『フツーの家庭』

『父が父であった頃』云々。

なぞらえ昭和を見習いましょう、当時の一般家庭を見てみましょうが動きだが、向田邦子は『フツーの家庭』か？なはだ疑問が沸いてくる。親への呼称が違うからだ。

『お父ちゃん』

『お母ちゃん』

あの時代、フツーの家なら呼ぶだろう。上流家庭は『お父様』であり『お母様』。今なら一般的になっている『パパ』『ママ』なんて、よほどモダンか上の上の家庭である。（知る限り北杜夫と黒柳トットちゃん、有吉佐和子の家しかない。吉田健一も、かの父・茂を呼ぶ時「パパ」であった。私製版『でたらめろん』（昭和二十九年）の献上本、茂あてには「パパ」とある。いくら呼び名であっても、四十二にもなり、妻も子もある男が堂々「パパ」と記すなんて理解できないが、諸国で育ったお坊ちゃまの家はそうであり、彼自身が何とも思わなかったのだろう）

長谷川町子さんも相当な家であったが『ちゃん』づけであった。

向田さんより十歳以上年下のウチの母も、亡き祖母を『お母ちゃん』と呼んでいたし、昭和三十年代を描くマンガ『夕焼けの詩』（西岸良平作）でも主人公の一平くんを初め、多くの子供が両親を『ちゃん』づけで呼んでいる。これも知る限り『パパ』『ママ』なんて、元・社長令嬢の級友だけだ。

対して向田家では『お父さん』であり『お母さん』。モダン、というより厳格な家庭。昭和初期のフツーの家とは一線を画した確固たる家が浮かんでくるのではないだろうか？

どこへいっても恥ずかしくないように。

異例の出世を遂げた支店長の子として、しっかりとした言葉を使うように。無意識の両親の思惑があったかも知れぬ。

▼旅する伝記～子供時代の読書から～

子供の頃、伝記ばかりを読んでいた。

月々にもらう小遣いを工面して、『ドラえもん』と共に『子どもの伝記全集』（ポプラ社刊）を買うのが楽しみだった。

欠けてる人物が本棚に揃うのは楽しかったし、折り返しにある人物名を眺めては「誰それ持ってる」「誰それはまだ」などと印をつけてゆくのも、楽しい作業のひとときであった。

学校の図書館で貸り、地域の図書館で貸り、本屋へいってはお気に入りを買い揃える。貸りてきて終《しま》いにする人物も少なくはなかったから、今、持っているものより遥かに読んでいたはずだ。気に入ると何回でも読んでは心を狂わせていた。

なぜ伝記か？

いろんな国の、いろんな時代。いろいろな事情を持つ子供の中に入ってゆける。大人になって、偉業を成して死ぬまでをわたしも一緒に体験できる。ムツかしくいえば疑似体験ができるからである。

今、わたしは日本の○○に住んでいて、どこそこ小学校に通っている。昭和××年代の、こういう時代を生きているけど、キュリー夫人は違っていた。

ポーランドに生まれ、お母さんは病気で寝ていて、きょうだいが多くて、という具合に。酔っ払ってばかりの父親から、巨人の星の如くに厳しく激しいピアノのスパルタ教育を受けるルイ（＝ベートーベンの愛称）はかわいそうだと思ったし、ナイチンゲールの家は大金持ちでうらやましいとも考えた。学校なんて庶民が通う。大金持ちの家の子は、家庭教師がつくんである。

宮沢賢治が子供の頃はテレビなんてなかったけれど、一休さんが生きてた頃は、もっと何にもなかったのだ。

世界は日本とアメリカだけではない（当時、信じて疑わなかった）。ポーランドがあり、ドイツがあって、イギリス、イタリア、オーストラリアという国がある。江戸・明治・大正・昭和と日本に時代があると同じように、それぞれの国にも時代があって、いろんな子供や大人達がいたのだ。

いろんな国のいろんな時代へ。そう、ページをめくるごとにわたしは世界を旅していたのだ。

「今度生まれ変わったら、外交官の子となって、小さい時からいろんな国へ住んでみたい」

いろんな国のいろんな時代へ――。外国の息吹。過ぎた時代のいろんな時代の様々を読むことで、わたしは旅をしていたのである。メチャクチャに安上がりな、そして一番最初にした世界旅行だ。ガイドは言葉とイラスト、想像力。ただそれだけであったけど、自由にいつでも行き来できる旅であった。

『伝記おたくの、まんがバカ』

そうして今でも、わたしは伝記が大好きである。

▽皆さん

「皆さん」

初めて呼ばれた感覚が、今も心に甦る。

転校をした年だった。園児に毛が生えたようないたずらっ子達を、必ず先生が呼んでくる。

「皆さん」

かなりの具合で驚いた。びっくりにも似た驚嘆だった。

何というか半分新鮮、半分驚き。初めての地に足を踏み入れた時のような感覚である。

「みんな」

それまでわたしは、こうとしか呼ばれた経験がない。

超ベテラン、毎年一年生ばかりをやるような先生であったけど、呼び掛けは「みんな」だった。二年間も「みんな」の中の、わたしは一人であったのだ。

けど、この先生は違う。

「皆さん」

どんな時でも呼ぶんである。

「皆さん」

立場的に目上か、同等。或いは初めての集団にむかってか、改まった時ぐらいでなければ、まず使用はしなかろう。

教師と子供。大人と子供の立場で、このように先生が呼ぶのだ。

ちょっぴり大人になったような。何だか背丈が伸びたような。

テレちゃうような、誇らしいような。そんな気持ちでいっぱいになった。

「皆さん」なんて以来、高校一年になるまで、ついにわたしは聞かずにいた。

この教師と高校一年の時の先生だけが、我々を「皆さん」と呼びかけてきたのだ。高校生なら分かるけど、小学生にむかって「皆さん」なんて教師はいえるだろうか。

「皆さん」

「皆さん」

落ち着いたアルトの声を思い出す。

▽餅

餅が好きだ。

日本人で嫌いな人は珍しかろうが、子供の頃は今以上に好きだった。

メチャクチャに好き、ラブリーに好き。ハチャメチャにお餅大好き少女であった。

年末年始・三ヶ日。松の内を越え成人式のあたりまで、ヒマさえあれば餅を食う。別に餅肌をしていたわけではないけれども、とにかく餅。もー餅。モー娘。ならぬモー餅娘であった。

安倍川《あべかわ》で一度に二個三個は食べていた。網で焼いては、ハフハフ焦げ目を愛でるように食すが最高だ。

濃《こま》やかな伸びももちろん大事な要素である。お汁粉に入れるも好きだった。

今も餅好きには変わりないけど、食べ方は大分変わってきた。

ガツガツとしなくなったし、お汁粉にも関心が薄れた。

安倍川だったらいそべ焼き。

電子レンジで焼いて（ウチの電子レンジは旧式で、とかく時間がかかってくる）、砂糖たっぷり、しょうゆ少々のベタベタしたタレをベットリとつけ、のりで巻くのがいい。雑煮には欠かせない。

偶然の産物か。それとも誰かが一番最初に作ってみたのか、保存食としての知恵なのか。知りたいような気がして来る。

▽詰め替え生活

シャンプーからコーヒーに入れる粉ミルク、シャーペンの芯に至るまで。

何でもわたしは詰め替える。

名付け『詰め替え生活』。

『通販生活』があるのだから、あって悪くない生活である。買い物にゆくと、やたらこの手を買いまくる。

(○○がない、△△が。□□だって危ないわ)

思うと同時に、各商品の詰め替え棚にダッシュする。危ないと思ったら即、購入するがコツである。本体なんて二本もあれば十分だ。

よって買い物カゴは詰め替え用品だらけである。

フーフーいいつつ家につき、軽く水分を補ってからそれらを本体に詰め替える時、無上な幸せを感じてしまうのだ。喜びにも似た幸せである。

なぜか自分でも分からない。

これから詰め替え用品が増える。今まで対象でなかったものにも広がるだろう。わたしの幸せもアップすると心の底から喜んでいる。

できれば人間の歯や目も取り替えられるようになるといい。五年にいっぺんぐらいが換え時かな?

『詰め替え人生』

今から命名しておこう。

▽車

無免許なのに、結構、車の広告を見たりする。

楽しそうだ、面白そう。こんな色だったら等々、勝手に夢が膨らんで来る。

ワーゲンを思う。真ッ赤なポルシェを思ってみる。

『奥様は魔女』でダーリンが乗ってた車体を思って見る。

詳しくは知らないが、三、四年前から、業界の動向が変わってきた。ワゴン車みたいな乗用車。バンみたいな車の急な増殖だ。

既に半分以上は占めていると思われるのが、七人乗り用の車である。子供の数が三人家庭が日本に多い。&両親の五人家族。加え祖父祖母もお出掛けしたい。だったら七人乗りにしちまえと、誰かが発案したのだろう。

「アンタはエライっ!」

大変良くできました、良くできましたと教師でなくとも花丸である。

が、一寸ばかりに鋭くない。人数が増えれば、それだけ荷物が増えるのだ。

幾ら七人になろうが、十人になろうが、増える分だけの空間というか、荷物専用場所がなくてはどうしようもないのではあるまいか。

わたしだったら乗車人数より絶対、バンバン荷物が入るような場所が確保されているのを選ぶ。キチンと整理なんてできず、大きさを考えずに購入する可能性大なるがゆえである。天井が高いのがいい。

えっ？　だったら早く免許を取れって？　死ぬまでに考えておきましょう。

（了）

後書き

「(いつか本を出してみたいと思うが) 人情で」

『私の遍歴時代』(昭和三十八・一九六三年) で、三島由紀夫は記している。中学時代から小説を書いていた彼は、戦争のモロ渦中《かちゅう》にあった青春時代にその思いが募っていた。募る思いに周りが尽力、できたが最初の出版本『花ざかりの森』(現・新潮文庫) であるけども、わたしの場合もなぞらえようか。

高校にいた時分から、地元新聞やら学習雑誌やらに詩歌と共にコラムを投稿。すぐ図書券成金となったわたしも、やはりかつての三島と同じように、いつか自分の本をと考えるようになっていた。

あっという間に時が過ぎ、昭和終幕、平成開幕。国鉄はJRに、電電公社はNTTへ。持ってるだけで尊敬された時代の先端・ワープロまでもがいつやらパソコンに場を奪われて、ウィンドウズ95がやってきた。

テレフォンカードも自然遠のき、あれよ、あれよという間に携帯電話もバンバン普及。NHKと民放だけかと思われたテレビの世界も、衛星だの、スカパーだの選択幅が拡がってきた。

『失われた十年』

マイナス面ばかりがなぜか強調されるけど、こういう面では『進歩の十年』『時代の十年』『予測の十年』『変化の十年』であったようにも見受けられる。二十年後・三十年後の世の中の基礎が、この十年で確実に固められてきた。

時代は変化してるのに、わたしは何も変化がない。このままトシ食って死ぬなんて冗談じゃない。人生は短い。悔いのないようにしなければと思うと、思いはますます大きくなってくる。

(本を出したい。出してみたい)

募る思いも高まりに高まり、ピークもピークを迎え入れるようになってくると、常に頭のどこかで思い、常に心のどこかで渇望するようにすらなってくる。息も絶え絶え、ゼィゼィハァハァ、もはやこれまでかと思われた頃、たまたま運が巡ってきた。声をかけて下さる人があったのだ。

よっしゃあッ!

パーンと出てる下腹部叩くを芸とする、今くるよが如きである。だったら出版しませうと、着々と準備に勤しんできたのだ。

『さぁ、読みませう』

題名からして何じゃこりゃ?。謳いを読んでは謎だらけの印象を与えるかも知れないが、楽しいものになったと思う。

『さぁ、読みませう』

買って頂き、話のネタにして頂いて周りの方々の記憶に残るようにして頂き、その方も買って頂き、お手紙なども頂けると嬉しさ花丸・万々歳。

なお、本文中に〝黒人〟〝ジャップ〟等々好ましくない表現があるが、作品の性格上用いただけであるを承知されたい。考え方に毛頭ないが、気を悪くする方があればお詫びする。加え、本文及び表紙イラストには著作権があるを踏まえられたい。新聞等でも報道されているけれど、最近、この手の事件が多いので一筆する必要もあろう。何かに使用される場合はご一報の義務がある。以前使用された経験がある(しかも使用者は教員だった)ので、この点はシビアに、かなり厳しくするつもりでいる。

今、わたしは初めて自分の出す出版本、多くの方々によってできた小さな小さな、舟のような一冊が大海に出るのを見守っているのだ。

豪華客船、は無理としても、船程度の大きさになり、できれば大漁旗を輝く空に翻えすサンマ漁船かイワシのそれ、いやいや土佐の一本釣りで有名な大きなマグロ漁船となって欲しく願っている（つまりは売れて欲しいということ）。間違っても漂流・沈没・その他モロモロどこいっちゃったの的なものだけはならないでと願わずにはいられない。

『さぁ、読みませう』

小さな舟が出来あがるまで関わって頂いた文芸社の小林達也氏、戸倉紀子氏を初めとする多くの皆さん、また、これから関わるであろう方々に深く感謝し、筆を置く。

平成十四年六月十五日　なかむら恵美

著者紹介

なかむら　恵美（なかむら えみ）

9月8日、群馬県桐生市生まれ。

高校時代から詩歌とともにコラムに熱中、地元新聞にバンバン投稿。すぐに図書券成金となったはいいが、貰うそばから湯水の如き使いまくって現オケラ。成金がゆえである。

中肉中脂・背も中の中。枯れた声でしゃべる優しいお姉様をみかけたら、きっとわたしと信じませう。信じる者は救われる（かも!?）本著がデビュー作品集。

さぁ、読みませう

2002年6月15日　初版第1刷発行

著　者　なかむら 恵美
発行者　瓜谷 綱延
発行所　株式会社 文芸社
〒160-0022　東京都新宿区新宿1-10-1
電話03-5369-3060（編集）
03-5369-2299（販売）
振替00190-8-728265

印刷所　株式会社 平河工業社

ISBN4-8355-3967-2 C 0095